DAS MÄRCHEN-BACKBUCH

Christin Geweke

Das Märchen Backbuch

REZEPTE & GESCHICHTEN

Fotografiert von Yelda Yilmaz

Hölker Verlag

INHALT

VORWORT

ES WAR EINMAL, VOR LANGER, LANGER ZEIT, da entdeckte ich meine Liebe zum Backen. Ich war keine vier Jahre alt und fasziniert davon, meiner Mutter beim Rühren und Kneten der unterschiedlichsten Teige zuzuschauen, beim Ausstechen der Plätzchen zu helfen und – natürlich – am Ende mit bloßen Fingern die vielen Schüsseln auszuschlecken. Schüsseln mit geschmolzener Schokolade, geschlagener Vanillesahne und rohem, klebrig-süßem Teig. Dabei saß ich gebannt mit mehligen Wangen im Schneidersitz vor dem Ofen und schaute in die Röhre. Ich sah, wie Teige von Zauberhand wuchsen, sich aufbäumten, ihre Farbe änderten und sich schließlich in herrliches Gebäck verwandelten, das das ganze Haus mit einem unvergleichlichen Duft erfüllte. Und dann, sobald die kleine, silberne Eieruhr piepste, kam der Höhepunkt: Ich durfte den fertigen, noch leicht dampfenden Kuchen probieren. Nur ein ganz kleines Stück. Und vielleicht noch eins. Voller Stolz. Diese Momente hatten etwas Magisches und Sinnliches zugleich. Es sind wunderschöne Erinnerungen. Warm und heimelig. Wie im Märchen.

Die Backleidenschaft meiner Mutter wurde wiederum von ihrer eigenen Mutter, meiner Oma Frida, geweckt, die ihre handgeschriebenen Rezepte in einer alten Lederschatulle aufbewahrte. Rezepte für Kürbisbrot und Rotweinkuchen. Rezepte aus einer anderen Zeit, die vielleicht heutzutage nicht mehr als modern gelten, aber trotzdem noch funktionieren. Auf den Punkt. Und das Wichtigste: Sie schmecken jedes Mal beruhigend gleich. Sie sind in der Lage, Groß und Klein in eine andere Welt zu befördern, in eine Welt jenseits vom Alltagsstress.

Genau wie alte Familienrezepte werden auch Märchen von Generation zu Generation weitergegeben. Kinder sitzen schon seit Jahrhunderten mit großen, staunenden Augen auf den Schößen ihrer Mütter und Väter, halten die Hände ihrer älteren Geschwister und Großeltern und lauschen gespannt den unglaublichen, fesselnden Geschichten von armen Stieftöchtern, mutigen Waisen, herrschsüchtigen Königen und rebellischen Prinzen. Das Schöne an diesen sagenumwobenen Schilderungen ist nicht nur das Happy End, sondern das Erzählen oder Vorlesen an sich. Die Nähe zueinander, die dadurch entsteht. Das gemeinsame Mitfiebern, das Zusammengehörigkeitsgefühl.

Genau wie an einer guten Geschichte kann man sich auch am Genuss eines leckeren Kuchens erfreuen – unabhängig vom Alter. Schon das gemeinsame Backen kann ein unvergleichliches Erlebnis sein, aber am Schönsten ist doch das Schlemmen am Schluss – ebenfalls ein Happy End. Was gibt es Besseres, als mit seinen Lieblingsmenschen an einer reich gedeckten Kaffeetafel zu sitzen, mit saftigen Kuchen, üppigen Torten und anderen Leckerbissen. Abwechslungsreich und für jeden Geschmack etwas dabei. Genau solche Rezepte versammeln sich in diesem Buch, in dem ausgesuchte Klassiker mit modernen Zutaten eine Liaison eingehen. Allesamt hübsch anzuschauen – aber vor allem wahnsinnig köstlich.

Ich wollte Rezepte schreiben, die genau wie die im Buch vorgestellten Märchen Kindheitserinnerungen wecken. Das Allerschönste wäre jedoch, wenn diese Rezepte imstande wären, selbst Erinnerungen zu schaffen. Das wünsche ich mir im Allgemeinen für alle Leser und im Besonderen für meine eigenen Kinder, die in den letzten Wochen und Monaten das Geschehen in unserer Küche genau beobachtet haben – mit staunendem Blick und teigverschmierten Mündern.

Viel Spaß beim Lesen, Backen, Schlemmen und Schwelgen!

TIPPS UND TRICKS

Die Rezepte in diesem Buch richten sich sowohl an Backanfänger als auch an erfahrene Bäcker. Sie variieren nicht nur im Geschmack, sondern auch im Anspruch – oft lässt sich das ganz gut von der Länge des Rezepts ableiten. Damit dem Kuchen- oder Tortenglück nichts im Wege steht und die Rezepte wirklich jedem gelingen, hier ein paar Hinweise:

Grundzutaten – und wie sie sich austauschen und ersetzen lassen

Viele Kuchen und Torten lassen sich mit nur wenigen Basics zubereiten, die man in der Regel zu Hause hat. Fehlt einem doch mal die eine oder andere Zutat, muss man nicht gleich zum nächsten Supermarkt rennen, sondern kann und sollte die Rezepte gerne nach Gusto (oder der Lage im Vorratsschrank entsprechend) abwandeln.

MEHL:
Mehl ist als Zutat zwar in vielen Rezepten unverzichtbar, es lässt sich aber zu einem guten Teil (bis zu 25 % der eigentlichen Mehlmenge) durch gemahlene Nüsse ersetzen. Hierfür kann man auf bereits fertiges Nussmehl aus dem Supermarkt, zum Beispiel aus Haselnüssen oder Mandeln, zurückgreifen oder, sofern man einen hochleistungsstarken Mixer hat, sein eigenes Nussmehl aus Cashews, Macadamia-, Pekannusskernen und Co. herstellen. Dadurch verleiht man Teigen ein besonders aromatisches Aroma. Da Nüsse ein recht hohes Quellvermögen haben, sollte man darauf achten, die Flüssigkeitsmenge im Rezept etwas zu erhöhen. Für ein außergewöhnliches Geschmackserlebnis können geröstete und gesalzene Nüsse sorgen, die wunderbar mit süßen Teigen harmonieren (zum Beispiel Salzige Erdnuss-Cupcakes, siehe Seite 100, oder Weißer Schokoladen-Karamell-Kuchen, siehe Seite 103). Wer kein herkömmliches Weizenmehl zu Hause hat, das bei den meisten Rezepten in diesem Buch Verwendung findet, kann es durch Dinkel- oder Vollkornmehl ersetzen. Auch hier ggf. die Flüssigkeitsmenge anpassen, da genau wie bei Nussmehl das volle Korn stärker aufquillt.

ZUCKER:
Am liebsten verwende ich unraffinierten Vollrohrzucker. Ich habe aber bewusst darauf verzichtet, bestimmte Zuckerarten vorzugeben, da die Entscheidung für den einen oder anderen Zucker nicht maßgeblich dafür ist, ob

ein Rezept funktioniert oder nicht – sofern man nicht auf die Idee kommt, Zucker eins zu eins gegen flüssige Süßungsalternativen wie Agavendicksaft, Honig, Reis- oder Ahornsirup auszutauschen. Einfluss auf Geschmack und Süßungsgrad haben die unterschiedlichen Zuckerarten natürlich schon. Hierbei gilt: Es darf gerne experimentiert werden, solange das Verhältnis aus trockenen und flüssigen Zutaten erhalten bleibt. Wie wäre es zum Beispiel mal mit besonders aromatischem Muscovado- oder Kokosblütenzucker? Ein weiteres schönes und vor allem natürliches Süßungsmittel sind Trockenfrüchte wie Datteln, die vielen Rezepten das gewisse Etwas verleihen.

MILCHPRODUKTE:
Ich liebe Milchprodukte aller Art, denn sie sorgen dafür, dass Kuchen oder Torten schön cremig werden. Je nach Aggregatzustand lassen sich auch hier Produkte austauschen – zum Beispiel Crème fraîche und Schmand, Mascarpone und Doppelrahmfrischkäse oder Buttermilch und eine Mischung aus Vollmilch und etwas Naturjoghurt. Wer unter einer Nahrungsmittelallergie leidet, kann ohne Weiteres zu laktosefreien Produkten greifen. Und viele Rezepte lassen sich problemlos vegan zubereiten, mit Soja-, Reis-, Kokos- oder Nussmilch. Auch hier gilt: Experimente sind erlaubt und erwünscht!

FETTE:
Butter lässt sich in den meisten Fällen durch Margarine ersetzen, auch wenn beide Fette geschmacklich differieren. Für Mürbe- oder Blätterteige empfehle ich daher, ausschließlich Butter zu verwenden. Für einige Rezepte benötigt man außerdem neutrales Pflanzenöl, zum Beispiel zum Frittieren (siehe unten). Hierfür bieten sich Sonnenblumen- oder Rapsöl an, die sich hoch erhitzen lassen. Ebenfalls gut geeignet für hohe Temperaturen ist Kokosöl, das ich außerdem gerne in kleiner Menge unter geschmolzene Schokolade oder Kuvertüre rühre, sofern sie als Kuchenguss dient. Das verleiht der Glasur einen extraschönen Glanz.

Ausstattung

Natürlich erleichtern professionelle Rührmaschinen und Standmixer das Arbeiten in der Küche. Wenn man aber nicht täglich Brot backt, eine ausgeprägte Leidenschaft für Baiser hat oder sich sein eigenes Nussmehl mahlen möchte, reichen schon einige kleine Küchenhelfer wie das gute alte Handrührgerät, um den Backalltag zu meistern. Unverzichtbar sind allerdings:

— diverse Teigschüsseln
— Küchenwaage, am besten eine grammgenaue Digitalwaage

— Teigschaber, Schneebesen, Kochlöffel, Schaumlöffel, Sparschäler
— Teigrolle
— Ausstechförmchen in verschiedenen Größen
— Spritzbeutel mit verschiedenen Tüllen (ersatzweise ein an einer Ecke abgeschnittener Gefrierbeutel)
— Reibe
— Messbecher

Für die Rezepte in diesem Buch werden folgende Backformen und -bleche verwendet:
— diverse Springformen (ø 18 cm, 20 cm, 24 cm, 26 cm)
— diverse Tarteformen, am besten mit herausnehmbarem Hebeboden (ø 20 cm, 24 cm)
— Tartelettesförmchen (ø 10 cm)
— 12er-Muffinblech
— 12er-Mini-Gugelhupfblech
— Gugelhupfform (ø ca. 25 cm)
— ofenfeste Pfanne (ø 20 cm, 22 cm)

Natürlich muss man sich nicht alle Formen in jeder Größe anschaffen, Backrezepte lassen sich problemlos umrechnen, wie die folgende Tabelle zeigt. In der vertikalen Spalte links finden sich die Formgrößen, die im Rezept angegeben sind. In der horizontalen Spalte oben stehen die gewünschten Formgrößen. Einfach alle Zutaten im Rezept mit dem entsprechenden Faktor multiplizieren, damit die Mengenverhältnisse gleich bleiben. Dabei nicht vergessen: Die Backzeiten müssen demgemäß etwas verkürzt oder verlängert werden!

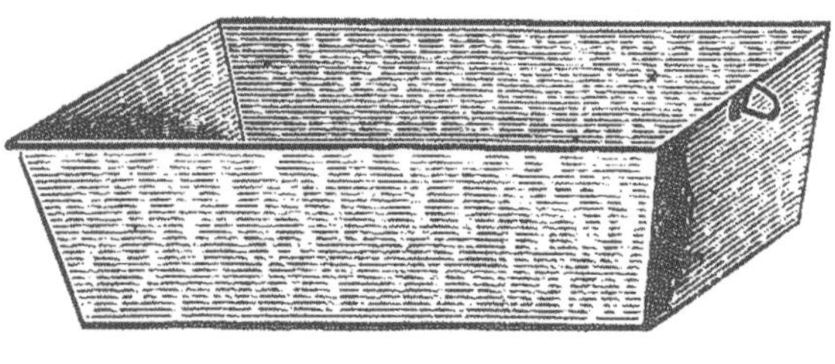

Formgröße im Rezept	Zielformgröße			
	18 cm	**20 cm**	**24 cm**	**26 cm**
18 cm		x 1,23	x 1,78	x 2,09
20 cm	x 0,81		x 1,44	x 1,69
24 cm	x 0,56	x 0,69		x 1,17
26 cm	x 0,48	x 0,59	x 0,85	

Backofen

Jeder Backofen ist anders, daher können die Angaben zu Temperatur und Backdauer in den Rezepten nur Richtwerte sein. Alle Rezepte beziehen sich auf das Backen mit Ober-/Unterhitze, sofern es nicht anders angegeben ist. Wer Zweifel hat, ob ein Teig richtig gar ist, macht die Stäbchenprobe. Dazu einen kleinen, dünnen Holzstab, zum Beispiel einen Zahnstocher, in die dickste Stelle des Kuchens stechen. Bleibt beim Herausziehen kein Teig haften, ist der Kuchen fertig. Andernfalls wieder in den Ofen schieben und die Stäbchenprobe nach ein paar Minuten wiederholen.

Frittieren

Nicht alle Rezepte in diesem Buch werden im Ofen zubereitet, einige Backwerke werden frittiert und dadurch besonders geschmackvoll (zum Beispiel die Schokoröllchen mit Aprikosensoße, siehe Seite 107, oder die Krapfen mit Pflaumenmus, siehe Seite 36). Man muss sich hierfür keine Fritteuse anschaffen, ein herkömmlicher Topf tut es auch, der mit so viel Öl (siehe auch oben den Abschnitt Fette) gefüllt wird, dass schwimmend ausgebacken werden kann. Die Anschaffung eines Fettthermometers lohnt sich dagegen schon, wenn man öfter frittieren möchte. Denn ist das Öl zu kalt, wird der auszubackende Teig nicht knusprig, sondern matschig und schwer. Ist das Öl zu heiß, werden die Teiglinge außen zu dunkel, sind innen aber noch roh. Die richtige Temperatur variiert von Rezept zu Rezept, liegt aber in der Regel bei ca. 170 °C. Als Alternative zu einem Thermometer kann man auch einen langen Holzstab ins heiße Öl halten. Steigen an ihm sofort kleine Bläschen empor, ist das Fett heiß genug. Außerdem sollte man darauf achten, nicht zu viele Teiglinge auf einmal zu frittieren, da dadurch die Temperatur zu stark abfällt. Und es sollte genügend Platz vorhanden sein, damit die Teiglinge am besten mit einem Schaumlöffel gewendet werden können, um beide Seiten gleichmäßig auszubacken. Mit dem Schaumlöffel werden sie am Ende auch vorsichtig herausgehoben und auf einen mit Küchenpapier ausgelegten Teller gesetzt, damit sie etwas abtropfen können.

Noch zwei Hinweise am Schluss: Heißes Öl sollte niemals in Kontakt mit Wasser kommen. Also auch nicht den Schaumlöffel zwischendurch abwaschen, ohne ihn abzutrocknen, und dann wieder ins heiße Öl geben. Das spritzt ungemein. Außerdem das Öl nach dem Frittieren niemals in den Ausguss schütten, das kann zu Verstopfungen führen.

Schokolade schmelzen

Schokolade spielt in vielen Rezepten die Hauptrolle, entweder in Form von Kakao, der Teigen eine schöne dunkle Farbe verleiht, oder geschmolzen als Füllung oder Guss. Wichtig beim Schmelzen ist die richtige Temperatur, die für Glanz und knackigen Bruch verantwortlich ist. Dafür die Schokolade grob hacken und bis auf ein Drittel in einer Metallschüssel über einem heißen Wasserbad unter Rühren schmelzen, ohne dass Schokolade und Wasser miteinander in Kontakt kommen. Außerdem darf das Wasserbad keinesfalls zu heiß sein, dadurch würde die Schokolade bitter werden. Die richtige Schmelztemperatur von Schokolade liegt bei ca. 45 °C. Sobald die Schokolade flüssig ist, das übrige Drittel zugeben und einrühren. Dadurch reduziert sich die Temperatur der bereits geschmolzenen Schokolade auf ca. 28 °C. Das erneute Erwärmen auf ca. 32 °C, bis die komplette Schokolade geschmolzen ist, sorgt für einen seidigen Glanz. Jetzt hat die Schokolade überdies die perfekte Temperatur, um weiterverarbeitet zu werden.

Obst – frisch oder TK?

Backen mit Obst hat vielerlei Vorteile – das Ergebnis auf dem Kuchenteller ist nicht nur äußerst farbenfroh und hübsch anzuschauen, es schmeckt auch fantastisch und macht dem schlechten Gewissen einen Strich durch die Rechnung, schließlich schlemmt man ja nicht nur Süßes, sondern auch jede Menge gesunde Vitamine. Doch die meisten Obstsorten sind nur saisonal erhältlich, will man nicht auf Importwaren zurückgreifen. Viele Sorten lassen sich jedoch einfach austauschen, durch das, was gerade auf dem Wochenmarkt verfügbar ist. Vor allem bei Beeren spielt es für das Gelingen eines Rezepts kaum eine Rolle, auf welche kleine Frucht man gerade setzt – geschmacklich natürlich schon, aber durch das muntere Experimentieren können ja auch wahre Backschätze entstehen. Immer eine gute Alternative zu frischem Obst, vor allem für Fruchtsoßen oder in Rezepten, in denen das Obst mit in den Ofen wandert und dadurch sowieso seine eigentliche Form verliert, sind TK-Produkte. Einfach je nach Rezept auftauen und gut abtropfen lassen oder gefroren in den Teig geben.

Hefe

In den Rezepten im Buch verwende ich ausschließlich frische Hefe, zum Beispiel im Schokoladen-Hefe-Kranz, siehe Seite 121. Ich bevorzuge sie aus Geschmacksgründen, Trockenhefe funktioniert aber genauso gut und hat den Vorteil, dass sie monatelang haltbar und somit auch am Sonntagmorgen im Vorratsschrank vorhanden ist, wenn man sich spontan dazu entschließt, Brötchen zu backen. Als Faustregel gilt: 1 Pck. Trockenhefe entspricht 1/2 Würfel frischer Hefe. Das heißt 21 g frische Hefe lassen sich durch 7 g Trockenhefe ersetzen. Meist rechnet man auf 500 g Mehl 1/2 Würfel Hefe – wer einen dezenten Hefegeschmack bevorzugt, kann aber auch etwas weniger verwenden und den Teig dafür länger gehen lassen. Je mehr Erfahrung man im Umgang mit Hefeteigen sammelt, desto sicherer wird man und kann auch mal Experimente wagen.

Gelatine

Um Torten und Cremes den richtigen Stand zu verleihen, wird in einigen Rezepten im Buch Gelatine verwendet – ein natürliches Gelier- und Verdickungsmittel, das im Umgang nicht ganz einfach ist. Daher sollte man sich genau an die beschriebene Vorgehensweise halten. Gelatine gibt es in Pulver- und Blattform – ich verwende ausschließlich weiße Blattgelatine. Wie viel Gelatine nötig ist, richtet sich nach der Menge der zu gelierenden Masse. Für 500 ml Flüssigkeit braucht man ca. 6 Blatt – je nachdem, wie fest das Ergebnis werden soll.

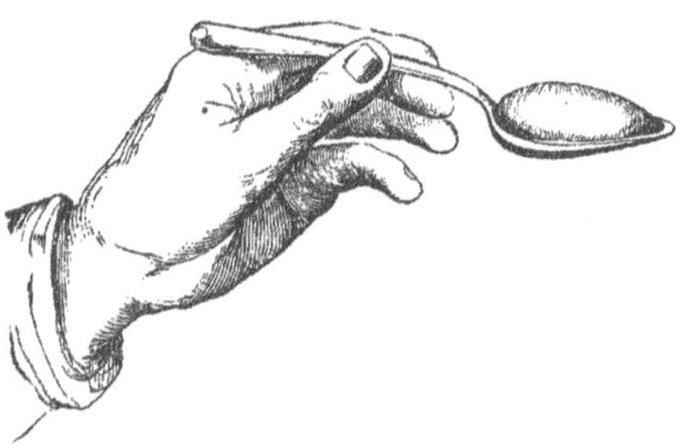

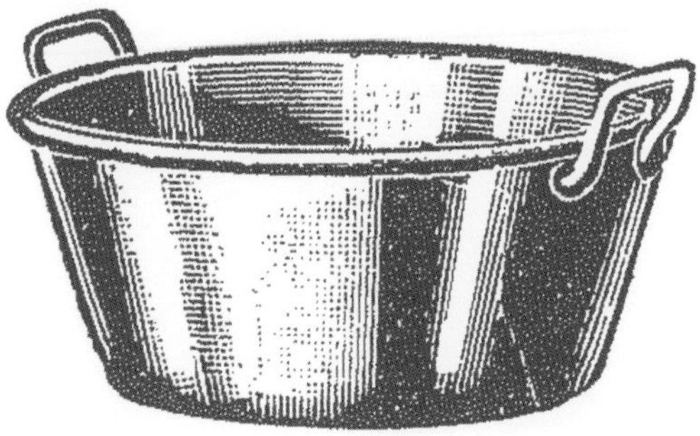

Zunächst müssen die Blätter in kaltes Wasser gelegt und eingeweicht werden. Damit sie nicht zusammenkleben, am besten einzeln nacheinander in die Schüssel geben. Dabei darauf achten, dass alle Blätter mit Wasser bedeckt sind. Nach ca. 5 Minuten sind sie weich genug, um weiterverarbeitet zu werden. Die Blätter mit den Händen ausdrücken. Sollen kalte Massen fest werden, erhitzt man einen kleinen Topf – je nach Rezept mit etwas Flüssigkeit – bei niedriger Temperatur auf dem Herd. Nun die ausgedrückte Gelatine hineingeben und unter Rühren schmelzen lassen. Achtung, bei zu hoher Temperatur verliert sie ihre Gelierkraft! Dann rührt man nach und nach 2–3 EL der zu bindenden kalten Masse in den Topf ein, um die Temperatur zwischen der nun heißen, flüssigen Gelatine und der kalten Masse auszugleichen. Rührt man die heiße Gelatine einfach so unter die kalte Masse, würden unschöne Klümpchen entstehen. Die nun warme Gelatinemischung im Topf zügig unter die übrige Masse in der Schüssel rühren, bis alles gut vermischt ist. Die Creme in den Kühlschrank stellen, bis sie fest ist. Das kann je nach Menge ein paar Stunden dauern.

Soll eine heiße Masse gelieren, kann die eingeweichte, ausgedrückte Gelatine direkt eingerührt und in der heißen Masse aufgelöst werden. Aber auch hier ist es wichtig, die Flüssigkeit keinesfalls zu stark zu erhitzen oder gar köcheln zu lassen. Sobald sich die Gelatine aufgelöst hat, die Masse abkühlen lassen und zum Gelieren in den Kühlschrank stellen.

Für Vegetarier bietet sich als Alternative zu Gelatine das ebenfalls geschmacksneutrale Agar-Agar an, das aus Algen gewonnen wird und Cremes einen genauso festen Stand verleihen kann. Der Nachteil: Die verschiedenen angebotenen Produkte variieren in ihrer Zubereitung, der benötigten Menge und der Gelierkraft, sodass das Backergebnis ebenfalls stark variieren kann. Daher immer die Packungsangabe beachten.

Schneeweißchen & Rosenrot

KLASSISCH SCHÖN

Es war einmal eine arme Witwe, die lebte in einem kleinen Häuschen.

Vor dem Häuschen war ein Garten, darin standen zwei Rosenbäumchen, davon trug das eine weiße, das andere rote Rosen. Die Witwe hatte zwei Kinder, die glichen den beiden Rosenbäumchen, das eine hieß Schneeweißchen, das andere Rosenrot, und sie waren so fromm und gut, so fleißig und unverdrossen wie sonst kein anderes Kind auf der Welt. Schneeweißchen war nur stiller und sanfter als Rosenrot. Rosenrot sprang lieber in den Wiesen und Feldern umher, suchte Blumen und fing Sommervögel. Schneeweißchen aber blieb lieber daheim bei der Mutter, half ihr im Haushalt, backte die lieblichsten Torten oder las ihr vor, wenn nichts zu tun war. Die beiden Kinder hatten einander so lieb, dass sie sich immer an den Händen fassten, wenn sie zusammen ausgingen. Und wenn Schneeweißchen sagte: „Wir wollen uns nicht verlassen“, so antwortete Rosenrot: „Solange wir leben nicht“, und die Mutter setzte hinzu: „Was das eine hat, soll's mit dem andern teilen.“

Oft liefen sie allein im Walde umher und sammelten rote Beeren, aber kein Tier tat ihnen etwas zuleide, sondern sie kamen zutraulich herbei. Das Häschen fraß Blaubeeren aus ihren Händen, das Reh graste an ihrer Seite, der Hirsch sprang ganz lustig vorbei und die Vögel blieben auf den Ästen sitzen und sangen die schönsten Lieder. Nie stieß den Mädchen etwas zu. Wenn sie sich im Walde verspätet hatten und die Nacht sie überfiel, so legten sie sich nebeneinander auf das Moos und schliefen, bis der Morgen kam, und die Mutter wusste das und sorgte sich nicht. Einmal, als sie im Walde übernachtet hatten und das Morgenrot sie aufweckte, da sahen sie ein schönes Kind in einem weißen, glänzenden Kleidchen neben ihrem Lager sitzen. Es stand auf und blickte sie ganz freundlich an, sprach aber nichts und ging in den Wald hinein. Und als sie sich umsahen, merkten sie, dass sie ganz nahe bei einem Abgrund geschlafen hatten und gewiss hineingefallen wären, wenn sie in der Dunkelheit noch ein paar Schritte weiter gegangen wären. Die Mutter aber sagte, das müsste der Engel gewesen sein, der gute Kinder bewache.

Schneeweißchen und Rosenrot hielten das Häuschen der Mutter so sauber, dass es eine Freude war, hineinzuschauen. Im Sommer kümmerte sich Rosenrot um das Haus. Sie stellte der Mutter jeden Morgen, ehe sie aufwachte, einen Blumenstrauß ans Bett, der von jedem Sträuchlein eine Rose enthielt. Im Winter zündete Schneeweißchen das Feuer an und hing den Kessel an den Feuerhaken. Der Kessel war aus Messing, glänzte aber wie Gold, so rein war er gescheuert. Abends, wenn die Flocken fielen und der Schnee wie feinste geschlagene Sahne auf den Hügeln thronte, sagte die Mutter: „Geh, Schneeweißchen, und schieb den Riegel vor“, und dann setzten sie sich an den Herd, die Mutter nahm die Brille und las aus einem großen Buch vor, und die beiden Mädchen saßen neben ihr und lauschten gespannt. Neben ihnen lag ein Lämmchen auf dem Boden, und hinter ihnen auf einer Stange saß ein weißes Täubchen und hatte seinen Kopf unter den Flügel gesteckt.

Eines Abends, als sie so vertraulich beisammensaßen, klopfte jemand an die Türe, als wollte er eingelassen werden. Die Mutter sprach: „Geschwind, Rosenrot, mach auf, es wird ein Wanderer sein, der Obdach sucht.“ Rosenrot ging zur Tür, schob den Riegel weg und dachte, es wäre ein armer Mann, aber der war es nicht, es war ein Bär, der seinen dicken schwarzen Kopf zur Türe hereinstreckte. Rosenrot schrie laut und sprang zurück. Das Lämmchen blökte, das Täubchen flatterte auf und Schneeweißchen versteckte sich hinter ihrer Mutter. Der Bär aber fing an zu sprechen und sagte: „Fürchtet euch nicht, ich tue euch nichts zuleide, ich bin halb erfroren und will mich nur ein wenig bei euch wärmen.“ „Du armer Bär“, sprach die Mutter, „leg dich ans Feuer und gib nur Acht, dass du dir nicht den Pelz verbrennst.“ Dann rief sie: „Schneeweißchen, Rosenrot, kommt hervor, der Bär tut euch nichts!“ Da kamen sie heran, und nach und nach näherten sich auch das Lämmchen und Täubchen und hatten keine Furcht vor ihm. Der Bär sprach: „Ihr Kinder, klopft mir den Schnee ein wenig aus dem Pelz.“ Und sie holten den Besen und kehrten dem Bär das Fell rein. Der Bär räkelte sich vor dem Feuer und brummte ganz vergnügt und behaglich. Es dauerte nicht lange, da wurden sie ganz vertraut und piesackten den unbeholfenen Gast. Sie zerzausten ihm das Fell mit den Händen, setzten ihre Füßchen auf seinen Rücken und rollten ihn hin und her, oder sie nahmen eine Haselrute und schlugen auf ihn ein, und wenn er brummte, so

GESCHWIND, ROSENROT, MACH AUF, ES WIRD EIN WANDERER SEIN, DER OBDACH SUCHT.

lachten sie. Der Bär ließ sich's aber gerne gefallen, nur wenn sie es gar zu arg machten, rief er: „Lasst mich am Leben, ihr Kinder! Schneeweißchen, Rosenrot,schlägst dir den Liebsten tot."

Als Schlafenszeit war und die andern zu Bett gingen, sagte die Mutter zu dem Bären: „Du kannst am Herde liegen bleiben, so bist du vor der Kälte und dem bösen Wetter geschützt." Im Morgengrauen ließen ihn die beiden Kinder hinaus, und er trabte über den Schnee in den Wald hinein. Von nun an kam der Bär jeden Abend zur gleichen Zeit, legte sich an den Herd und erlaubte den Kindern, Schabernack mit ihm zu treiben, so viel sie wollten. Sie waren so an ihn gewöhnt, dass die Türe erst zugeriegelt wurde, wenn der Bär da war.

Als es Frühling wurde und draußen alles grün war, sagte der Bär eines Morgens zu Schneeweißchen: „Nun muss ich fort und darf den ganzen Sommer nicht wiederkommen." „Wo gehst du denn hin, lieber Bär?", fragte Schneeweißchen. „Ich muss in den Wald gehen und meine Schätze vor den bösen Zwergen beschützen. Im Winter, wenn die Erde hart gefroren ist, müssen sie unter der Erde bleiben und können sich nicht durcharbeiten, aber jetzt, wenn die Sonne die Erde aufgetaut und erwärmt hat, da brechen sie durch, steigen herauf und stehlen. Was einmal in ihren Händen ist und in ihren Höhlen liegt, das kommt so leicht nicht wieder ans Tageslicht." Schneeweißchen war ganz traurig über den Abschied, und als es dem Bären die Tür aufriegelte und der Bär sich hinausdrängte, blieb er an dem Türhaken hängen und ein Stück seiner Haut riss auf. Da war es Schneeweißchen, als hätte es Gold durchschimmern gesehen, aber es war seiner Sache nicht sicher. Der Bär lief eilig fort und war bald hinter den Bäumen verschwunden.

Nach einiger Zeit schickte die Mutter die Kinder in den Wald, um Reisig zu sammeln. Da fanden sie draußen einen großen Baum, der lag gefällt auf dem Boden und an dem Stamme sprang zwischen dem Gras etwas auf und ab, sie konnten aber nicht erkennen, was es war. Als sie näher kamen, sahen sie einen Zwerg mit einem alten, runzeligen Gesicht und einem ellenlangen, schneeweißen Bart. Das Ende des Bartes war in eine Spalte des Baums eingeklemmt. Der Kleine sprang hin und her wie ein Hündchen an einem Seil und wusste nicht, wie er sich helfen sollte. Er glotzte die Mädchen mit seinen roten, feurigen Augen an und schrie: „Was steht ihr da so rum? Kommt und helft mir!" „Wie ist das passiert, kleines Männchen?", fragte Rosenrot. „Dumme, neugierige Gans", antwortete der Zwerg, „den Baum habe ich mir spalten wollen, um kleine Holzstücke in der Küche zu haben. Bei den dicken Klötzen verbrennt immer gleich das ganze Essen. Unser einer schlingt schließlich nicht so viel hinunter wie euer grobes, gieriges Volk. Ich hatte den Keil schon hineingetrieben und es hätte auch alles wunderbar funktioniert, aber das verfluchte Holz war zu glatt und sprang heraus und der Baum fuhr so geschwind zusammen, dass ich meinen schönen weißen Bart nicht mehr herausziehen konnte. Nun ist er eingeklemmt und ich kann nicht fort. Da lachen die albernen Milchgesichter! Pfui, was seid ihr garstig!" Die Kinder gaben sich alle Mühe, aber sie konnten den Bart nicht herausziehen, er steckte zu fest. „Ich werde Hilfe holen", sagte Rosenrot. „Wahnsinnige Schafsköpfe", schnarrte der Zwerg, „wer wird gleich Leute herbeirufen, ihr seid mir schon um zwei zu viel! Fällt euch nicht etwas Besseres ein?" „Sei nur nicht so ungeduldig", sagte Schneeweißchen, „mir wird schon etwas einfallen." Da nahm es sein Scherchen aus der Tasche und schnitt das Ende des Bartes ab. Sobald der Zwerg frei war, griff er nach einem Sack, der zwischen den Wurzeln des Baums steckte und mit Gold gefüllt war, hob ihn heraus und brummte vor sich hin: „Ungehobeltes Gör, schneidet mir ein Stück von meinem stolzen Barte ab! Soll dich der Kuckuck holen!" Da schwang er seinen Sack auf den Rücken und stapfte fort, ohne die Kinder nur noch einmal anzusehen.

Einige Zeit danach wollten Schneeweißchen und Rosenrot fürs Abendessen Fische angeln. Als sie nahe bei dem Bach waren, sahen sie, dass etwas Heuschreckenähnliches auf das Wasser zuhüpfte, als wollte es hineinspringen. Sie liefen darauf zu und erkannten den Zwerg. „Wo willst du hin?", fragte Rosenrot, „du willst doch nicht ins Wasser?" „Solch ein Narr bin ich nicht!", schrie der Zwerg, „seht ihr nicht? Der vermaledeite Fisch will mich hineinziehen!" Der Kleine hatte am Bach gesessen und geangelt, aber unglücklicherweise hatte der Wind seinen Bart mit der Angelschnur verflochten. Als gleich darauf ein großer Fisch anbiss, fehlten dem schwachen Geschöpf die Kräfte, ihn herauszuziehen. Der Fisch behielt die Oberhand und riss den Zwerg zu sich hin. Zwar hielt er sich an allen Halmen und Binsen, aber das half nicht viel. Er konnte gegen den viel stärkeren Fisch wenig ausrichten und war kurz davor, ins Wasser gezogen zu werden. Die Mädchen kamen zur rechten Zeit, hielten ihn fest und versuchten, den Bart von der Schnur loszumachen, aber vergebens, Bart und Schnur waren fest ineinander verwirrt. Es blieb ihnen nichts anderes übrig, als das Scherchen hervorzuholen und den Bart abzuschneiden, wobei ein kleiner Teil desselben verloren ging. Als der Zwerg das sah, schrie er sie an: „Ist das Manier, ihr Lorche, einem das Gesicht zu schänden? Nicht genug, dass ihr mir den Bart unten abgestutzt habt, jetzt schneidet ihr mir auch noch den besten Teil davon ab! So kann ich mich bei den anderen nicht mehr blicken lassen! Macht, dass ihr wegkommt!" Dann holte er einen Sack Perlen, der im Schilfe lag, und ohne ein Wort weiter zu sagen, schleppte er ihn fort und verschwand hinter einem Stein.

UNGEHOBELTES GÖR, SCHNEIDET MIR EIN STÜCK VON MEINEM STOLZEN BARTE AB!

Es trug sich zu, dass die Mutter die beiden Mädchen kurz darauf in die Stadt schickte, um Mehl, Eier und Milch einzukaufen. Der Weg führte sie über eine Heide, auf der hier und da mächtige Felsenstücke verstreut lagen. Da sahen sie einen großen Vogel in der Luft schweben, der langsam über ihnen kreiste, sich immer tiefer herabsenkte und schließlich gleich neben einem Felsen pfeilschnell hinunterstürzte. Gleich darauf hörten sie einen durchdringenden, jämmerlichen Schrei. Sie liefen los, und als sie sich näherten, mussten sie mit Schrecken feststellen, dass der Adler ihren alten Bekannten, den Zwerg, gepackt hatte und ihn forttragen wollte. Die Kinder hatten Mitleid mit dem kleinen Männchen, griffen ihn und zerrten so lange an dem Zwerg, bis der Adler von seiner Beute abließ. Als der Zwerg sich von dem ersten Schrecken erholt hatte, schrie er mit seiner kreischenden Stimme: „Könnt ihr nicht vorsichtiger sein? Mein dünnes Röckchen ist ganz zerfetzt und durchlöchert, so fest habt ihr an mir gezogen! Unbeholfenes Bauerngesindel, das ihr seid!“ Dann nahm er einen Sack mit Edelsteinen und schlüpfte wieder unter den Felsen in seine Höhle. Die Mädchen waren an seinen Undank schon gewöhnt, setzten ihren Weg fort und verrichteten ihr Geschäft in der Stadt.

Auf dem Heimweg kamen sie wieder an der Heide vorbei und überraschten den Zwerg, der auf einem reinlichen Plätzchen seinen Sack mit Edelsteinen ausgeschüttet hatte. Er hatte nicht gedacht, dass so spät noch jemand vorbeikommen würde. Die Abendsonne schien über die glänzenden Steine, sie schimmerten und leuchteten so prächtig in allen Farben, dass die Kinder stehen blieben und sie betrachteten. „Was steht ihr da so rum?“, schrie der Zwerg. Sein aschgraues Gesicht wurde zinnoberrot vor Zorn. Er wollte gerade mit seinen Beschimpfungen fortfahren, als plötzlich ein lautes Brummen zu hören war und ein schwarzer Bär aus dem Walde herbeitrabte. Erschrocken sprang der Zwerg auf, aber er konnte nicht mehr rechtzeitig zu seinem Schlupfwinkel gelangen, da war der Bär schon in seiner Nähe. Da rief er in Herzensangst: „Lieber Herr Bär, verschont mich, ich will euch alle meine Schätze geben! Sehet, die schönen Edelsteine, die da liegen. Schenkt mir das Leben! Was habt ihr an mir kleinem, schmächtigem Kerl? Ihr spürt mich nicht einmal zwischen den Zähnen. Tut euch lieber gütlich an den beiden gottlosen Mädchen! Das sind zarte Bissen, fett wie junge Wachteln.“ Der Bär kümmerte sich um seine Worte nicht, gab dem boshaften Geschöpf einen einzigen Schlag mit der Tatze und es regte sich nicht mehr.

Die Mädchen waren fortgesprungen, aber der Bär rief ihnen nach: „Schneeweißchen und Rosenrot, fürchtet euch nicht, wartet, ich will mit euch gehen.“ Da erkannten sie seine Stimme und blieben stehen, und als der Bär bei ihnen war, fiel plötzlich die Bärenhaut ab und er stand da als ein schöner Mann und war ganz in Gold gekleidet. „Ich bin eines Königs Sohn“, sprach er, „und war von dem bösen Zwerg, der mir meine Schätze gestohlen hatte, verwünscht worden, als ein wilder Bär im Wald umherzuirren, bis ich durch seinen Tod erlöst würde. Jetzt hat er seine wohlverdiente Strafe endlich bekommen.“

Kurz darauf heiratete Schneeweißchen den schönen Prinzen und Rosenrot seinen Bruder und sie teilten die großen Schätze miteinander, die der Zwerg in seiner Höhle zusammengetragen hatte. Die alte Mutter lebte noch lange Jahre glücklich bei ihren Kindern. Die zwei Rosenbäumchen aber nahm sie mit und sie standen vor ihrem Fenster und trugen jedes Jahr die schönsten Rosen, weiß und rot.

HELLE SACHERTORTE

FÜR 1 SPRINGFORM (Ø 20 CM)

Für den Teig:
175 g weiße Kuvertüre
6 Eier (Größe L)
140 g Zucker
1 Pck. Vanillezucker
155 g weiche Butter
35 g Puderzucker
140 g Mehl

Für den Guss:
1 Blatt weiße Gelatine
175 g Vollmilchkuvertüre
140 ml Sahne

Außerdem:
Butter für die Form
ca. 220 g Aprikosenkonfitüre (alternativ Himbeer- oder Erdbeerkonfitüre ohne Kerne)
50 g weiße Schokolade zum Dekorieren nach Belieben

1 Den Backofen auf 190 °C vorheizen. Die Springform mit Backpapier auslegen, den Rand buttern.

2 Für den Teig die Kuvertüre grob hacken, über dem heißen Wasserbad schmelzen und etwas abkühlen lassen. Die Eier trennen. Die Eiweiße halbsteif schlagen. Dann nach und nach Zucker und Vanillezucker einrieseln lassen, bis ein sehr fester Eischnee entstanden ist, der glänzende Spitzen bildet. Butter und Puderzucker hellcremig rühren, nacheinander die Eigelbe unterrühren. Anschließend die geschmolzene Kuvertüre untermixen. Die Eigelbcreme in drei Schritten abwechselnd mit dem Mehl unter den Eischnee heben, bis ein homogener Teig entstanden ist.

2 Den Teig in die Springform füllen, glatt streichen und die Form in den Ofen schieben. Nach 25 Minuten die Ofentemperatur auf 165 °C reduzieren und den Kuchen in weiteren ca. 35 Minuten fertig backen. Anschließend abkühlen lassen, aus der Form lösen und auf einem Kuchengitter komplett auskühlen lassen. Den Kuchen mit einem Messer oben begradigen, dann einmal horizontal durchschneiden.

3 Die Konfitüre erhitzen, bis sie etwas flüssiger ist. Einen Boden mit ca. 80 g bestreichen. Den zweiten Boden darauflegen und die komplette Torte mit der übrigen Konfitüre einpinseln.

4 Für den Guss die Gelatine in kaltem Wasser einweichen. Währenddessen die Vollmilchkuvertüre grob hacken und mit der Sahne in einem Topf bei niedriger Temperatur unter Rühren schmelzen. Sobald die Kuvertüre flüssig ist, die Gelatine unterrühren, bis sie sich komplett aufgelöst hat. Aufpassen, dass die Masse nicht zu heiß wird! Den Guss kurz abkühlen lassen, dann über die Sachertorte gießen, sodass die komplette Torte damit überzogen ist.

5 Für die Deko nach Belieben die weiße Schokolade über dem heißen Wasserbad schmelzen. Anschließend so dünn wie möglich auf einem Bogen Backpapier verstreichen und diesen ganz eng aufrollen. Ca. 40 Minuten ins Gefrierfach legen. Dann das Backpapier auseinanderrollen und die entstandenen Schokoröllchen auf dem noch nicht festen Guss verteilen. Die Torte mindestens 6 Stunden, am besten über Nacht, stehen und den Guss trocknen lassen.

KLEINE SPEKULATIUSTÖRTCHEN

FÜR 12 TÖRTCHEN

Für die Böden:
150 g Mehl
25 g gemahlene Mandeln
1 Prise Salz
40 g Zucker
1 Pck. Bourbon-Vanillezucker
1 TL gemahlener Zimt
1 Msp. gemahlene Nelken
1 Msp. gemahlener Kardamom
85 g kalte Butter

Für die Füllung:
250 g Quark (20 % Fettanteil)
200 g Schmand
100 g feiner Zucker
1 Pck. Bourbon-Vanillezucker
1,5 EL Speisestärke
1 TL Abrieb und 1 EL Saft von 1 Bio-Orange
100 ml Sahne
1 Ei
1 Eigelb

Für das Topping:
100 ml Sahne
1 TL Zucker
2 zerbröselte Spekulatiuskekse (alternativ gemahlener Zimt zum Bestäuben)

1 Für die Böden Mehl, Mandeln, Salz, Zucker, Vanillezucker und Gewürze vermengen. Die Butter in Stücke schneiden, zugeben und alles mit den Fingern krümelig reiben. Nach und nach ca. 2 EL kaltes Wasser zugeben und alles zu einem glatten Teig verkneten. Den Teig zu einer Kugel formen, in Frischhaltefolie wickeln und mindestens 30 Minuten kalt stellen.

2 Den Backofen auf 180 °C vorheizen. Die Mulden eines Muffinblechs mit Papierförmchen auslegen. Vom Teig 25-Gramm-Portionen abnehmen, zu Kugeln rollen, flach drücken und auf den Böden der Mulden festdrücken. Ca. 10 Minuten im Ofen vorbacken. Anschließend die Ofentemperatur auf 160 °C reduzieren.

3 Währenddessen für die Füllung Quark und Schmand zu einer glatten Creme verrühren. Zucker, Vanillezucker und gesiebte Stärke untermischen. Orangenabrieb und -saft einrühren und zum Schluss die Sahne, das Ei und Eigelb zügig untermischen, bis alles gut vermengt ist. Jeweils 2–3 EL Füllung bis zum Rand der Papierförmchen auf den vorgebackenen Böden verteilen.

4 Die Törtchen 20–24 Minuten backen. Dann bei geschlossener Ofentür ca. 15 Minuten abkühlen lassen. Anschließend aus dem Ofen nehmen und komplett auskühlen lassen, dann die Papierförmchen abziehen. Für das Topping die Sahne mit dem Zucker steif schlagen und auf die ausgekühlten Muffins spritzen. Mit Spekulatiusbröseln garnieren.

ORANGEN-PISTAZIEN-GUGELHUPF

FÜR 1 GUGELHUPFFORM (Ø CA. 25 CM)

Für den Teig:
250 g weiche Butter
230 g Zucker
2 Pck. Bourbon-Vanillezucker
5 Eier
320 g Mehl
50 g blanchierte gemahlene Mandeln
2,5 TL Backpulver
1 Prise Salz
Saft (ca. 100 ml) und 1 EL Abrieb von 1 Bio-Orange
100 ml Buttermilch
50 g gehackte Pistazienkerne

Für das Topping:
150 g Puderzucker
2 EL Saft und 1–2 TL Abrieb von 1 Bio-Orange
gehackte Pistazienkerne zum Bestreuen

Außerdem:
Butter und Mehl für die Form

1 Den Backofen auf 180 °C vorheizen. Die Gugelhupfform mit Butter fetten und mit Mehl ausstäuben, überschüssiges Mehl herausklopfen.

2 Butter, Zucker und Vanillezucker cremig rühren. Die Eier nach und nach untermischen und alles dickschaumig schlagen. Mehl, Mandeln, Backpulver und Salz vermengen. Orangensaft, -abrieb und Buttermilch verrühren. Die Mehlmischung abwechselnd mit der Orangen-Buttermilch unter den Teig rühren. Die Pistazien unterheben.

3 Den Teig in die Form füllen, oben glatt streichen und 50–55 Minuten backen. Stäbchenprobe machen (siehe Seite 10). Den Gugelhupf aus dem Ofen nehmen und vollständig in der Form auskühlen lassen. Anschließend stürzen und auf einen Kuchenteller setzen.

4 Für das Topping Puderzucker und Orangensaft zu einem dicken Guss verrühren und über den ausgekühlten Kuchen geben. Mit Orangenabrieb und gehackten Pistazien bestreuen.

SCHWARZWÄLDER-KIRSCH-TRIFLE

1 Für den Teig den Backofen auf 180 °C vorheizen. Eine Springform (ø 22 cm) buttern. Eier und Zucker dickschaumig schlagen. Mehl, Stärke und Kakao vermengen und behutsam unterheben. Den Teig in die Form füllen, glatt streichen und ca. 24 Minuten im Ofen backen. Anschließend in der Form abkühlen lassen, dann auf ein Kuchengitter stürzen und komplett auskühlen lassen.

2 Für die Füllung die Kirschen mit dem Zitronensaft pürieren, dann durch ein feines Sieb in einen kleinen Topf streichen. Den Gelierzucker einrühren und alles aufkochen. Unter stetigem Rühren ca. 5 Minuten sprudelnd kochen. Zitronenabrieb untermischen und das Kirschgelee abgedeckt abkühlen lassen.

3 Beide Schokoladensorten hacken. Eigelbe, Zucker und Stärke mit der Milch in einem Topf glatt rühren. Den Topf auf den Herd stellen und erhitzen. Alles so lange bei mittlerer Temperatur köcheln lassen, bis die Flüssigkeit eindickt. Dabei permanent rühren. Den Topf vom Herd ziehen und die gehackte Schokolade in der Creme unter Rühren schmelzen, dann abkühlen lassen. Die Sahne mit dem Vanillemark und dem Puderzucker steif schlagen.

4 Den ausgekühlten Teig horizontal halbieren und aus beiden Böden 8–12 Kreise in der Größe der Dessertgläser ausstechen. Je einen Teigkreis in ein Glas legen, nach Belieben mit etwas Kirschgeist beträufeln und mit Kirschgelee bestreichen. Darauf je eine Schicht Schokoladencreme und eine Schicht Vanillesahne geben. Dann erneut einen Teigkreis darauflegen und mit dem Schichten wie beschrieben fortfahren. Die oberste Sahneschicht mit frischen Kirschen oder mit Sauerkirschen und etwas Kirschgelee garnieren. Zum Schluss nach Belieben mit geraspelter Schokolade verzieren. Bis zum Servieren kalt stellen.

FÜR 4–6 DESSERTGLÄSER (Ø 6–8 CM)

Für den Teig:
3 Eier
70 g Zucker
50 g Mehl
15 g Speisestärke
20 g Kakaopulver

Für die Füllung:
320 g frische entsteinte Kirschen (alternativ abgetropfte Sauerkirschen aus dem Glas)
2 EL Saft und 2 TL Abrieb von 1 Bio-Zitrone
80 g Gelierzucker 3:1
80 g Vollmilchschokolade
40 g Zartbitterschokolade
3 Eigelb
30 g feiner Zucker
30 g Speisestärke
325 ml Milch
300 ml Sahne
Mark von 1 Vanilleschote
1 EL Puderzucker

Außerdem:
Butter für die Form
Kirschgeist zum Beträufeln nach Belieben
frische Kirschen zum Garnieren
Schokoladenraspeln zum Garnieren nach Belieben

BLAUBEER-SAHNE-TORTE

FÜR 1 SPRINGFORM (Ø 18 O. 20 CM)

Für den Teig:
2 Eier (Größe L)
125 g Zucker
1 Pck. Bourbon-Vanillezucker
20 g Butter
100 g Mehl
3 TL Kakaopulver
1/2 TL Backpulver
1 Prise Salz

Für die Blaubeercreme:
4 Blatt weiße Gelatine
150 g Magerquark
100 g Crème fraîche
75 g Zucker
120 ml Blaubeersaft
200 ml Sahne

Für die Deko:
100 ml Sahne
1 Pck. Bourbon-Vanillezucker
1 TL Bio-Zitronenabrieb
200 g Blaubeeren
geraspelte weiße und Zartbitterschokolade nach Belieben

Außerdem:
Butter und Mehl für die Form

1 Für den Teig den Backofen auf 190 °C vorheizen, die Springform buttern und mit Mehl ausstäuben. Den Boden zusätzlich mit Backpapier auslegen. Die Eier trennen. Die Eigelbe mit Zucker, Vanillezucker und 50 ml warmem Wasser in 8 Minuten dickschaumig schlagen. Die Butter zerlassen, abkühlen lassen und einrühren. Mehl, Kakao, Backpulver und Salz mischen, darübersieben und kurz unterrühren. Die Eiweiße steif schlagen und behutsam unterheben. Den Teig in die Form geben und 20–25 Minuten im Ofen backen. Kurz abkühlen lassen, dann aus der Form lösen und auf einem Kuchengitter vollständig auskühlen lassen. Den Boden anschließend auf eine Tortenplatte legen.

2 Für die Creme die Gelatine 5 Minuten in kaltem Wasser einweichen. Quark, Crème fraîche, Zucker und Blaubeersaft glatt rühren. Die Gelatine in einem kleinen Topf bei niedriger Temperatur erhitzen und unter Rühren auflösen (aufpassen, dass sie nicht zu heiß wird). 2 EL Quarkcreme untermischen, dann die Gelatinemischung unter die übrige Creme rühren. Die Blaubeercreme ca. 30 Minuten kalt stellen, bis sie zu gelieren beginnt. Die Sahne steif schlagen und unter die Creme heben. Einen Tortenring um den Boden legen. Die Blaubeercreme auf dem Boden verstreichen und die Torte mindestens 3 Stunden, besser über Nacht, kalt stellen.

3 Für die Deko die Sahne mit Vanillezucker und Zitronenabrieb steif schlagen. Die Blaubeeren verlesen, waschen und trocken tupfen und auf der Torte verteilen. Nach Belieben mit geraspelter Schokolade dekorieren. Den Tortenring entfernen und den Rand der Torte mit Sahne bestreichen. Bis zum Servieren kalt stellen.

KRAPFEN MIT PFLAUMENMUS

FÜR CA. 9 KRAPFEN

Für den Teig:
255 g Mehl + ggf. etwas mehr
25 g Zucker
1 Pck. Bourbon-Vanillezucker
15 g frische Hefe
75 ml lauwarme Milch
50 g Butter
1 Ei
1 Eigelb
1 Prise Salz

Für das Pflaumenmus:
600 g reife Pflaumen
1 Pck. Bourbon-Vanillezucker
1–2 EL Orangensaft
120 g brauner Zucker
1/4 TL gemahlener Zimt
1–2 TL Amaretto

Außerdem:
neutrales Pflanzenöl zum Frittieren
Zucker zum Wälzen

1 Für das Pflaumenmus am besten am Vortag die Pflaumen waschen, entsteinen und vierteln. Mit dem Vanillezucker und dem Orangensaft in einen Topf geben und auf dem Herd aufkochen. Bei niedriger Temperatur und geschlossenem Deckel ca. 10 Minuten köcheln lassen, gelegentlich umrühren, damit nichts anbrennt. Währenddessen den Backofen auf ca. 155 °C vorheizen. Die Pflaumen mit einem Stabmixer pürieren, 40 g braunen Zucker und Zimt unterrühren und den Topf in den Ofen stellen. Die Pflaumen ca. 30 Minuten offen garen. Dazu am besten die Ofentür mithilfe eines Kochlöffelstiels einen kleinen Spalt geöffnet lassen, damit die Feuchtigkeit entweichen kann. Dann erneut 40 g Zucker unterrühren und die Pflaumen weitere 30 Minuten garen. Den übrigen Zucker untermengen und den Topf noch einmal 30 Minuten in den Ofen stellen. Anschließend sollte das Mus schön sämig und fest sein. Andernfalls noch etwas länger im Ofen lassen. Amaretto unterrühren und das Pflaumenmus in ein sterilisiertes Schraubglas füllen. Man erhält ca. 250 g.

2 Für den Teig Mehl, Zucker und Vanillezucker in einer Schüssel vermengen. In der Mitte eine Mulde formen. Die Hefe zerbröseln und in der lauwarmen Milch auflösen, dann die Hefemilch in die Mulde gießen und mit etwas Mehl vom Rand verrühren. Die Schüssel mit Frischhaltefolie abdecken und den Vorteig 20 Minuten gehen lassen.

3 In der Zwischenzeit die Butter zerlassen und abkühlen lassen. Butter, Ei, Eigelb und Salz zum Vorteig geben und alles in ca. 5 Minuten glatt kneten. Den Teig erneut abdecken und 1 Stunde gehen lassen. Ein Backblech mit Backpapier auslegen. Aus dem Teig 9 Kugeln (à ca. 50 g) formen. Diese auf das Backblech setzen, abdecken und noch einmal ca. 20 Minuten gehen lassen.

4 In einem Topf oder einer Fritteuse so viel Öl auf ca. 170 °C erhitzen, dass die Krapfen schwimmend ausgebacken werden können. Jeweils 2–3 Stück auf einmal hineingeben und 2–3 Minuten frittieren. Dann wenden und auch von der anderen Seite goldbraun backen, auf Küchenpapier abtropfen und auskühlen lassen.

5 Pflaumenmus in einen Spritzbeutel mit langer, spitzer Tülle geben und die ausgekühlten Krapfen damit füllen. Reichlich Zucker in einen tiefen Teller geben und die Krapfen darin wälzen.

JOGHURT-KIRSCH-TORTE MIT AMARETTINI

FÜR 1 SPRINGFORM (24 CM)

Für den Biskuit:
3 Eier
1 Prise Salz
100 g Zucker
2 EL Amaretto
140 g Mehl
1 TL Backpulver

Für die Füllung:
8 Blatt weiße Gelatine
500 g Naturjoghurt (3,5 % Fettanteil)
150 g Crème fraîche
100 g Zucker
Mark von 1 Vanilleschote
Abrieb von 1 Bio-Zitrone
250 ml Sahne
3 EL Kirschkonfitüre
300 g abgetropfte Sauerkirschen (Glas)

Außerdem:
Butter für die Form
30 g Amarettini

1 Den Backofen auf 190 °C vorheizen. Den Boden der Springform mit Backpapier auslegen, den Rand leicht fetten. Für den Biskuit die Eier trennen. Die Eiweiße mit dem Salz steif schlagen. Die Eigelbe mit dem Zucker schaumig schlagen, dann den Amaretto untermischen. Nicht zu lange rühren. Mehl mit Backpulver vermengen und vorsichtig mit einem Drittel des Eischnees unter die Eiermasse rühren. Den restlichen Eischnee behutsam unterheben.

2 Den Teig in die Form füllen und glatt streichen, dann in 18–20 Minuten goldbraun backen. Aus dem Ofen nehmen, kurz abkühlen lassen, aus der Form lösen und auf einem Kuchengitter vollständig auskühlen lassen. Den Biskuitboden auf eine Tortenplatte legen und mit einem Tortenring versehen.

3 Für die Füllung die Gelatine kurz in kaltem Wasser einweichen. Den Joghurt mit Crème fraîche, Zucker, Vanillemark und Zitronenabrieb verrühren. Die Gelatine leicht ausdrücken, dann tropfnass unter Rühren in einem kleinen Topf bei niedriger Temperatur auflösen (die Gelatine darf nicht zu heiß werden!). 2–3 EL Joghurtcreme unter die Gelatine rühren, dann die Gelatinemischung unter die übrige Creme rühren. Die Füllung ca. 20 Minuten kalt stellen. Währenddessen die Sahne steif schlagen. Sobald die Creme geliert, die Sahne unterheben.

4 1,5 EL Konfitüre auf dem Boden verstreichen. Die Creme daraufgeben und glatt streichen. Die Torte ca. 20 Minuten kalt stellen. Die übrige Konfitüre mit den Kirschen mischen, dann die Kirschen auf der Torte verteilen. Erneut mindestens 2,5 Stunden kalt stellen.

5 Mit einem dünnen Messer vorsichtig am Rand der Torte entlangfahren und den Tortenring behutsam lösen. Die Amarettini in einen Zip-Beutel geben und mit der Teigrolle grob zerstoßen. Kurz vor dem Servieren auf die Torte streuen.

BAISERTORTE

FÜR 1 TORTE (Ø 26 CM)

Für den Rührteig:
125 g weiche Butter
125 g Zucker
1 Pck. Bourbon-Vanillezucker
4 Eigelb
150 g Mehl
2 TL Backpulver
2 EL Milch

Für das Baiser:
4 Eiweiß
250 g Zucker

Für die Füllung:
2 Bio-Zitronen
25 g Speisestärke
100 g Zucker
400 ml Sahne

Außerdem:
Butter für die Form
ca. 50 g gehackte Mandeln zum Bestreuen

1 Für den Teig Butter, Zucker und Vanillezucker schaumig schlagen. Dann nacheinander die Eigelbe unterrühren. Mehl mit Backpulver vermengen und mit der Milch unterrühren. Den Teig in zwei gleich schwere Hälften teilen.

2 Für das Baiser die Eiweiße halbsteif schlagen, dann nach und nach den Zucker einrieseln lassen. Dabei weiterschlagen, bis ein sehr steifer Eischnee entsteht.

3 Den Backofen auf 165 °C (alternativ 150 °C Umluft) vorheizen. Die Böden zweier Springformen (ø 26 cm) mit Backpapier auslegen, die Ränder buttern. Beide Teighälften gleichmäßig auf die Springformen verteilen und glatt streichen. Jeweils die Hälfte vom Baiser daraufstreichen und mit gehackten Mandeln bestreuen. Die Springformen nacheinander bei Ober-/Unterhitze oder zusammen bei Umluft ca. 35 Minuten in den Ofen geben, bis das Baiser goldbraun ist. (Wer nur eine Springform hat, backt die Böden nacheinander.) Die Böden komplett auskühlen lassen, dann mit einem spitzen Messer vorsichtig am Rand entlangfahren und aus den Formen lösen. Dazu am besten mit zwei großen, flachen Tortenhebern zwischen Teigboden und Backpapier fahren und die Böden behutsam herausheben. Einen Boden auf eine Tortenplatte setzen.

4 Für die Füllung eine Zitrone heiß abwaschen, trocken tupfen und ca. 2 TL Schale fein abreiben. Beide Früchte auspressen (es werden ca. 60 ml Saft benötigt). Die Stärke mit 125 ml kaltem Wasser in einem kleinen Topf glatt rühren. Den Zucker zugeben und alles unter Rühren aufkochen, bis die Mischung eindickt. Den Zitronensaft unterrühren und alles in eine Schüssel umfüllen. Abkühlen lassen, dabei gelegentlich umrühren. Währenddessen die Sahne steif schlagen und mit dem Zitronenabrieb mischen. Ca. ein Viertel der Sahne unter die Zitronenmischung rühren, dann die restliche Sahne behutsam unterheben.

5 Die Zitronensahne gleichmäßig auf den ersten Teigboden streichen, dabei etwas Platz zum Rand lassen. Den zweiten Boden vorsichtig daraufsetzen. Die Torte am besten am Vortag zubereiten und über Nacht durchziehen lassen.

BAUMKUCHENSPITZEN

FÜR CA. 40 STÜCK JE NACH GRÖSSE (BZW. 1 SPRINGFORM, Ø 24 CM)

5 Eier
125 g Marzipanrohmasse
50 ml Milch
1 EL Amaretto
175 g weiche Butter
80 g Puderzucker
1 TL Bio-Orangenabrieb
1 Prise Salz
80 g Zucker
1 Pck. Bourbon-Vanillezucker
85 g Mehl
25 g blanchierte gemahlene Mandeln
40 g Speisestärke

Außerdem:
Butter für die Form
100 g Zartbitterschokolade
50 g Vollmilchschokolade
2 TL Kokosöl

1 Die Eier trennen, das Marzipan raspeln oder hacken. Die Milch mit dem Marzipan und dem Amaretto fein pürieren. Die Butter mit dem Puderzucker cremig rühren. Die Eigelbe nach und nach unterschlagen. Die Marzipanmischung und den Orangenabrieb untermengen.

2 Die Eiweiße mit dem Salz steif schlagen, dann nach und nach Zucker und Vanillezucker einrieseln lassen, dabei weiterschlagen, bis der Eischnee fest ist. Mehl, Mandeln und Speisestärke mischen und behutsam unterheben. Anschließend die Eischnee-Mehl-Mischung unter die Butter-Marzipan-Masse heben.

3 Den Backofen auf 250 °C mit zugeschalteter Grillfunktion vorheizen, den Boden der Springform sorgfältig mit Backpapier auslegen, den Rand buttern. 2 gehäufte EL Teig auf dem Boden der Form verstreichen und diese 3–4 Minuten in den Backofen geben, bis der Teig schön gebräunt ist. Erneut 2 EL Teig in der Form verstreichen und backen. So fortfahren, bis der Teig aufgebraucht ist. Auf diese Weise ergeben sich 8–10 Schichten.

4 Den Baumkuchen aus der Form lösen und auskühlen lassen. Anschließend in ca. 2,5 cm lange Streifen und dann in Dreiecke schneiden. Beide Schokoladensorten mit dem Öl schmelzen und die Baumkuchenspitzen damit nach Belieben verzieren. Auf einem Kuchengitter trocknen lassen.

MARMORIERTER KÄSEKUCHEN

FÜR 1 SPRINGFORM (Ø 24 CM)

Für den Boden:
75 g Butter
175 g Butterkekse
1,5 TL brauner Zucker
1 kräftige Prise Salz

Für die Füllung:
500 g Doppelrahmfrischkäse
200 g Magerquark
185 g feiner Zucker
1 Pck. Bourbon-Vanillezucker
3 EL Speisestärke
1,5 TL Abrieb und 1 EL Saft von 1 Bio-Zitrone
175 ml Sahne
2 Eier
1 Eigelb

Außerdem:
Butter für die Form
ca. 250 g gemischte Beeren (alternativ TK-Beeren, aufgetaut)
1 TL Speisestärke
ca. 1 EL Honig

1 Den Backofen auf 180 °C vorheizen. Die Springform sorgfältig mit Backpapier auslegen und den Rand buttern.

2 Für den Boden die Butter in einem kleinen Topf zerlassen. Butterkekse in einen Zip-Beutel geben, mit der Teigrolle sehr fein zerstoßen, sodass keine größeren Brösel mehr zu sehen sind, und anschließend mit der zerlassenen Butter, Zucker und Salz gründlich vermengen. Die Keksmischung gleichmäßig und fest auf dem Boden der Form andrücken und 8–10 Minuten im Ofen vorbacken, dann auskühlen lassen. Die Ofentemperatur auf 160 °C reduzieren.

3 Die Beeren pürieren und durch ein feines Sieb passieren. Ca. 40 g zum Marmorieren abnehmen, den Rest für die Soße beiseitestellen. Für die Füllung Frischkäse und Quark zu einer glatten Creme verrühren. Zucker, Vanillezucker und gesiebte Stärke untermischen. Zitronenabrieb und -saft einrühren und zum Schluss die Sahne, die Eier und das Eigelb zügig untermischen, bis alles gut vermengt ist. Nicht zu lange rühren, damit sich beim Backen keine Bläschen bilden. Die Füllung gleichmäßig auf dem Boden verteilen. Das abgenommene Fruchtpüree in kleinen Klecksen daraufgeben und mit einer Gabel spiralförmig unter die Creme mischen.

4 Den Käsekuchen ca. 45 Minuten backen (währenddessen und auch nach dem Backen nicht herausnehmen, an der Form rütteln oder die Ofentür öffnen, sonst reißt die Oberfläche). Nach Ende der Backzeit den Ofen ausschalten und den Käsekuchen zunächst bei geschlossener Tür ca. 30 Minuten, dann bei leicht geöffneter Tür in weiteren 1,5 Stunden abkühlen lassen. Anschließend herausnehmen, komplett auskühlen lassen und mind. 6 Stunden in den Kühlschrank stellen.

5 Vor dem Servieren vorsichtig mit einem spitzen Messer am Rand entlangfahren, den Käsekuchen aus der Form lösen und auf einen Kuchenteller setzen. Die restlichen passierten Beeren in einem Topf aufkochen. Die Stärke in etwas kaltem Wasser glatt rühren und das köchelnde Fruchtpüree damit unter Rühren in 1–2 Minuten binden. Mit Honig süßen. Die Fruchtsoße zum Käsekuchen servieren.

KLEINE APFEL-ZIMT-SCHNECKEN

1 Für den Teig die Butter zerlassen. Mehl, Salz und Zucker in einer Schüssel vermengen. Die Hefe zerbröseln und in der lauwarmen Milch auflösen. Dann die Hefemilch mit der abgekühlten geschmolzenen Butter und dem Ei zur Mehlmischung geben und alles zu einem geschmeidigen Teig verkneten. Die Schüssel mit Frischhaltefolie abdecken und den Teig 2 Stunden an einem warmen Ort gehen lassen.

2 Währenddessen für die Füllung die Äpfel schälen, vom Kerngehäuse befreien und sehr fein würfeln. Mit Nüssen, Zitronensaft und Vanillemark vermengen. 1 EL Butter in einer Pfanne erhitzen und die Apfelmischung darin ca. 8 Minuten dünsten, den Honig einrühren und alles weitere 2 Minuten leicht karamellisieren lassen. Die Pfanne vom Herd nehmen. In einem Schälchen Zucker und Zimt mischen. 30 g Butter zerlassen.

3 Ein Muffinblech sorgfältig buttern und mit Mehl ausstäuben (alternativ mit Papierförmchen auslegen, dann lassen sich die Schnecken leichter aus dem Blech heben). Den Teig auf der bemehlten Arbeitsfläche zu einem ca. 20 x 36 cm großen und ca. 3 mm dünnen Rechteck ausrollen und großzügig mit der zerlassenen Butter bestreichen, dabei auch die Ränder bepinseln. Den Zimtzucker gleichmäßig auf die Butter streuen, dabei am oberen langen Ende einen Rand aussparen. Die Apfelmischung darauf verteilen und leicht andrücken. Den Teig von der unteren Längsseite her vorsichtig eng aufrollen und in 12 gleich große Scheiben schneiden. Die Scheiben in die Mulden des Muffinblechs legen, alles mit Frischhaltefolie abdecken und erneut 15 Minuten gehen lassen.

4 Den Backofen auf 190 °C vorheizen. Die Zimtschnecken mit etwas Milch bepinseln und in ca. 15 Minuten goldbraun backen. Anschließend lauwarm abkühlen lassen und behutsam aus dem Blech lösen. Dazu mit einem dünnen, spitzen Messer am Rand entlangfahren und die Schnecken vorsichtig herausheben. Für die Glasur Puderzucker und Apfelsaft verrühren und die Zimtschnecken damit nach Belieben verzieren.

FÜR 12 SCHNECKEN

Für den Teig:
20 g Butter
225 g Mehl
1 Prise Salz
35 g feiner Zucker
10 g frische Hefe
80 ml lauwarme Milch
1 Ei

Für die Füllung:
1–2 kleine Äpfel
(z. B. Braeburn oder Boskop)
2 EL gehackte Haselnusskerne
1 EL Zitronensaft
Mark von 1/2 Vanilleschote
30 g Butter + 1 EL extra
1 geh. EL Honig
35 g feiner Zucker
2 TL gemahlener Zimt

Für die Glasur:
85 g Puderzucker
ca. 3 EL Apfelsaft

Außerdem:
Mehl für die Arbeitsfläche
und das Blech
Butter für das Blech
Milch zum Bepinseln

SÜSSER BEERENAUFLAUF

FÜR 1 OFENFESTE OVALE BACKFORM (CA. 24 CM LÄNGE, CA. 800 ML FASSUNGSVERMÖGEN)

Für die Beerenmischung:
ca. 350 g gemischte Beeren nach Belieben (alternativ TK-Beeren, aufgetaut und gut abgetropft)
3 reife Nektarinen oder Pfirsiche
250 ml Johannisbeersaft
2 EL Zitronensaft
75 g Zucker
1 Pck. Bourbon-Vanillezucker
3 geh. TL Speisestärke

Für den Teig:
200 g Mehl
50 g Zucker
1 Pck. Bourbon-Vanillezucker
1 EL Backpulver
1 Prise Salz
Abrieb von 1 Bio-Zitrone
1 TL gemahlener Zimt
100 g kalte Butter
1 Ei
2 EL Crème fraîche
ca. 80 ml Vollmilch

Außerdem:
Puderzucker zum Bestäuben
Vanillesoße zum Servieren nach Belieben

1 Die Beeren verlesen, ggf. vorsichtig waschen und abtropfen lassen. Falls Erdbeeren verwendet werden, größere Exemplare vierteln, kleinere halbieren. Die Nektarinen oder Pfirsiche waschen, trocken tupfen, entsteinen und klein würfeln.

2 In einem Topf den Johannisbeersaft mit Zitronensaft, Zucker und Vanillezucker aufkochen. Ca. 10 Minuten bei niedriger Temperatur reduzieren lassen. Die Stärke in etwas kaltem Wasser glatt rühren und die Saftmischung unter Rühren damit binden. Sobald die Flüssigkeit eindickt, die Früchte unterrühren und den Topf vom Herd nehmen. Abkühlen lassen. Sollte die Mischung zu flüssig sein, die Früchte mit einem Schaumlöffel entnehmen und in die Form füllen. Die Form sollte nicht mehr als halbhoch mit Früchten gefüllt sein.

3 Den Backofen auf 175 °C vorheizen. Für den Teig Mehl, Zucker, Vanillezucker, Backpulver, Salz, Zitronenabrieb und Zimt in einer Schüssel vermengen. Die Butter in Stücke scheiden und mit der Mehlmischung krümelig reiben. Ei und Crème fraîche in einem Messbecher verquirlen und mit der Milch auf 180 ml auffüllen. Die Milchmischung unter den Teig rühren. Mithilfe eines Esslöffels gleichmäßige Teighäufchen mit etwas Abstand zueinander auf die Beeren setzen.

4 Die Form ca. 35 Minuten in den Ofen geben, bis der Teig aufgegangen und goldbraun ist. Anschließend etwas abkühlen lassen, mit Puderzucker bestäuben und lauwarm nach Belieben mit Vanillesoße genießen.

MINI-MARMORGUGELHUPFE

1 Den Backofen auf 180 °C vorheizen. Das Mini-Gugelhupfblech sorgfältig fetten und mit Mehl ausstäuben, überschüssiges Mehl herausklopfen.

2 Butter, Zucker und Vanillezucker cremig rühren. Dann die Eier nacheinander untermischen. Mehl mit Backpulver und Salz vermengen. Die Mehlmischung abwechselnd mit 75 ml Buttermilch unter den Teig mengen. Nicht zu lange rühren. Etwas mehr als ein Drittel des Teigs abnehmen und mit der restlichen Buttermilch und dem Kakaopulver verrühren. Die Schokolade sehr fein hacken und untermengen.

3 Zunächst den hellen Teig in einen Spritzbeutel füllen und auf die Mulden verteilen. Dann den dunklen Teig in einen zweiten Spritzbeutel geben und daraufspritzen. Die Mulden sollten nicht ganz mit Teig gefüllt sein, da dieser beim Backen stark aufgeht. Eine Gabel spiralförmig durch beide Teigschichten ziehen, sodass eine schöne Marmorierung entsteht.

4 Die Mini-Gugelhupfe 17–20 Minuten backen, Stäbchenprobe machen (siehe Seite 10). Anschließend komplett auskühlen lassen und mit Puderzucker bestäubt servieren.

FÜR 12 STÜCK (BZW. 1 MINI-GUGELHUPFBLECH MIT 12 MULDEN)

125 g weiche Butter
100 g Zucker
1 Pck. Bourbon-Vanillezucker
3 Eier
225 g Mehl
1,5 TL Backpulver
1 Prise Salz
100 ml Buttermilch
3 TL Kakaopulver
40 g Zartbitterschokolade

Außerdem:
Butter und Mehl für die Förmchen
Puderzucker zum Bestäuben

Hänsel und Gretel

KNUSPRIGES AUS DEM OFEN

An einem Waldrand wohnte ein armer Holzhacker mit seiner Frau …

und seinen zwei Kindern. Das Söhnchen hieß Hänsel und das Töchterlein Gretel. Die Familie war bitterarm und der Vater wusste nicht, wie er die hungrigen Mäuler stopfen sollte. Wie er sich nun abends im Bette Gedanken machte und sich vor Sorgen herumwälzte, seufzte er und sprach zu seiner Frau: „Was soll nur aus uns werden? Wie können wir unsere armen Kinder ernähren, wenn nicht einmal genug für uns da ist?“ „Weißt du was, Mann“, antwortete die Frau, „lass uns morgen in aller Frühe mit den Kindern in den Wald gehen, wo er am dichtesten ist. Dann machen wir ihnen ein Feuer an, geben jedem noch ein Stückchen Kuchen und lassen sie allein. Sie werden den Weg nach Haus nicht finden und wir sind sie los.“ „Nein, Frau“, sagte der Mann, „ich könnte es niemals übers Herz bringen, meine Kinder im Wald alleinzulassen! Die wilden Tiere würden bald kommen und sie fressen.“ „Oh, du Narr“, sagte sie, „dann müssen wir alle vier verhungern. Da kannst du gleich schon mal unsere Särge bauen.“ Sie ließ ihm keine Ruhe, bis er einwilligte. „Die armen Kinder tun mir so leid“, sagte der Mann.

Die zwei Kinder hatten vor Hunger auch nicht einschlafen können und hatten gehört, was die Stiefmutter zum Vater gesagt hatte. Gretel weinte bittere Tränen und sprach zu Hänsel: „Nun ist's um uns geschehen.“ „Still, Gretel“, sprach Hänsel, „sorge dich nicht, mir wird schon etwas einfallen.“ Und als die Alten eingeschlafen waren, stand er auf, zog seinen Mantel an und schlich sich hinaus. Der Mond schien ganz hell und die weißen Kieselsteine, die vor dem Haus lagen, glänzten wie kleine Diamanten. Hänsel bückte sich und steckte so viele Steinchen in seine Manteltasche, wie hineinpassten. Dann ging er wieder ins Haus und sagte zu Gretel: „Keine Angst, Schwesterchen, schlaf nur ruhig ein, es wird uns schon nichts passieren.“ Dann legte er sich wieder in sein Bett und schlief.

Als der Tag anbrach, noch ehe die Sonne aufgegangen war, kam die Stiefmutter und weckte die beiden Kinder: „Steht auf, ihr Faulenzer! Wir wollen in den Wald gehen und Holz holen.“ Dann gab sie jedem ein Stückchen Kuchen und sprach: „Da habt ihr etwas für den Mittag, aber teilt es euch gut ein.“ Gretel steckte den Kuchen in ihre Schürze, weil Hänsel die Steine in der Tasche hatte.

Dann machten sie sich alle zusammen auf den Weg in den Wald. Als sie ein Weilchen gegangen waren, stand Hänsel still und drehte sich immer wieder zum Haus um. Der Vater sprach: „Hänsel, was machst du denn da? Beeil dich ein bisschen. Es ist noch ein weiter Weg.“ „Ach, Vater“, sagte Hänsel, „ich sehe nach meinem weißen Kätzchen, das dort oben auf dem Dach sitzt. Es will mir Ade sagen.“ Die Frau sprach: „Du Narr, da ist kein Kätzchen. Das ist die Morgensonne, die auf den Schornstein scheint.“ Hänsel aber hatte nicht nach dem Kätzchen gesehen, sondern immer einen von den Kieselsteinen aus seiner Tasche auf den Weg geworfen.

Als sie mitten im Wald waren, sprach der Vater: „Nun sammelt Holz, ihr Kinder. Ich will ein Feuer machen, damit ihr nicht friert.“ Hänsel und Gretel stapelten Reisig und der Vater zündete es an. Als die Flammen loderten, sagte die Frau: „Nun legt euch ans Feuer, ihr Kinder, und ruht euch aus. Wir gehen in den Wald und hauen Holz. Wenn wir fertig sind, kommen wir wieder und holen euch ab.“

Hänsel und Gretel saßen um das Feuer. Am Mittag aßen sie jeder ihren Kuchen und weil sie die Schläge der Axt hörten, glaubten sie, ihr Vater wäre in der Nähe. Es war aber nicht die Axt, es war ein Ast, den der Vater an einen dürren Baum gebunden hatte und den der Wind hin und her schlug. Sie waren schon so müde vom Warten, dass ihnen die Augen schwer wurden und sie tief und fest einschliefen. Als sie erwachten, war es schon finstere Nacht. Gretel fing an zu weinen und sprach: „Wie sollen wir nun aus dem Wald kommen?“ Hänsel aber tröstete sie: „Wir müssen warten, bis der Mond aufgegangen ist, dann werden wir den Weg schon finden.“ Und als der Mond hoch am Himmel stand, nahm Hänsel sein Schwesterchen an der Hand und zusammen gingen sie den Kieselsteinen nach, die im Mondlicht leuchteten. Im Morgengrauen kamen sie endlich zu Hause an. Sie klopften an die Tür, und als die Frau aufmachte und sah, dass es Hänsel und Gretel waren, sprach sie: „Ihr bösen Kinder! Was habt ihr so lange im Wald geschlafen? Wir haben geglaubt, ihr kommt gar nicht mehr zurück.“ Der Vater aber freute sich, denn er hatte ein ganz schlechtes Gewissen gehabt, dass er die Kinder im Wald zurückgelassen hatte.

Bald aber war die Familie wieder in Not und die Kinder hörten, wie die Mutter nachts zum Vater sagte: „Wir haben nur noch einen halben Kuchen. Die Kinder müssen weg. Wir müssen sie tiefer in den Wald hineinführen, damit sie den Weg nicht wieder herausfinden. Wir müssen sonst verhungern.“ Der Mann fühlte sich ganz schlecht und er sagte: „Es wäre besser, wenn ich den letzten Bissen mit meinen Kindern teilte." Aber die Frau hörte nicht zu, gab ihm eine Backpfeife und machte ihm Vorwürfe. Und weil er das erste Mal nachgegeben hatte, blieb ihm nichts anderes übrig, als auch beim zweiten Mal zuzustimmen.

Die Kinder waren aber noch wach gewesen und hatten das Gespräch mitgehört. Als die Alten schliefen, stand Hänsel auf, um draußen wieder einige Kieselsteine aufzulesen, aber die Frau hatte die Tür verschlossen und Hänsel konnte nicht heraus. Aber er tröstete sein Schwesterchen und sprach: „Weine nicht, Gretel. Schlaf nur ruhig. Uns wird schon etwas einfallen."

Am frühen Morgen weckte die Frau die Kinder. Wieder bekamen sie ein Stückchen Kuchen, das aber noch kleiner war als zuvor. Auf dem Weg blieb Hänsel immer wieder stehen und ließ einen kleinen Kuchenkrümel fallen. „Hänsel, was trödelst du so rum?", sagte der Vater, „komm, es ist noch ein weiter Weg!" „Ich sehe nach meinem Täubchen. Es sitzt auf dem Dach und will mir Ade sagen", antwortete Hänsel. „Du Narr", sagte die Frau, „das ist nicht dein Täubchen. Das ist die Morgensonne, die auf den Schornstein scheint." Hänsel aber ließ immer wieder Krümel fallen.

Die Frau führte die Kinder noch tiefer in den Wald, wo sie noch nie gewesen waren, machte ein Feuer an und sagte: „Bleibt nur da sitzen, Kinder, und wenn ihr müde seid, könnt ihr ein wenig schlafen. Wir gehen in den Wald und hacken Holz. Wenn wir fertig sind, kommen wir und holen euch ab." Am Mittag teilte Gretel ihr Kuchenstück mit Hänsel, der sein Stück auf den Weg gestreut hatte. Dann schliefen sie ein. Der Abend verging, aber niemand kam zu den armen Kindern. Sie erwachten erst in der finstern Nacht und Hänsel tröstete sein Schwesterchen und sagte: „Keine Angst, Gretel. Wenn der Mond aufgeht, dann werden wir die Krümel sehen, die ich ausgestreut habe. Sie werden uns den Weg nach Hause zeigen." Als der Mond aufgegangen war, machten sie sich auf den Weg, aber sie fanden keine Krümel, denn die vielen Vögel im Wald hatten sie weggepickt. Hänsel sagte zu Gretel: „Wir werden den Weg schon finden." Aber sie fanden ihn nicht. Sie gingen die ganze Nacht und noch einen Tag vom Morgen bis zum Abend, aber sie kamen aus dem Wald nicht heraus. Sie waren so hungrig und so müde, dass sie sich unter einen Baum legten und einschliefen.

WEINE NICHT, GRETEL. SCHLAF NUR RUHIG. UNS WIRD SCHON ETWAS EINFALLEN.

Am dritten Morgen machten sie sich wieder auf den Weg, aber sie gerieten immer tiefer in den Wald. Wenn nicht bald Hilfe kommen würde, würden sie verhungern. Am Mittag sahen sie ein schneeweißes Vögelein auf einem Ast sitzen, das so schön sang, dass sie stehen blieben und ihm zuhörten. Und als es fertig war, schwang es seine Flügel und flog vor ihnen her. Sie folgten ihm, bis sie zu einem Häuschen gelangten, auf dessen Dach es sich setzte. Als sie sich dem Häuschen näherten, sahen sie, dass es aus süßen Baisers und knusprigen Biscotti gebaut war. Das Dach bestand aus farbenfrohen und lieblich duftenden Törtchen, der Türknauf war ein saftiger Bratapfel und überall lagen zuckersüße Kokosstreusel. „Wir sind so hungrig“, sprach Hänsel, „lass uns etwas von dem Haus naschen. Ich werde ein Stück vom Dach essen, Gretel, du kannst vom Türrahmen essen, der ist aus Brombeer-Strudel gemacht.“ Hänsel brach sich ein wenig vom Dach ab und Gretel knusperte am Türrahmen.

Da rief eine feine Stimme aus der Stube heraus: „Knusper, knusper, knäuschen, wer knuspert an meinem Häuschen?“ Die Kinder antworteten: „Der Wind, der Wind, das himmlische Kind“, und aßen unbeirrt weiter. Hänsel, dem das Dach sehr gut schmeckte, brach sich ein großes Stück davon ab und Gretel knusperte am Bratapfel-Türknauf. Da ging auf einmal die Türe auf und eine steinalte Frau, die sich auf eine Krücke stützte, kam herausgeschlichen. Hänsel und Gretel erschraken so sehr, dass sie fallen ließen, was sie in den Händen hielten. Die Alte aber schüttelte den Kopf und sprach: „Ei, ihr lieben Kinder, wer hat euch hierhergebracht? Kommt nur herein und bleibt bei mir, es wird euch nichts geschehen.“ Sie fasste beide an der Hand, führte sie in ihr Häuschen und servierte ihnen ein wahres Festmahl: Knuspriges Vanillegebäck und Preiselbeerkuchen mit Mandeln, liebliche Galettes und winzig kleine Tartelettes, Bananen-Pekannuss-Kuchen und saftige Ananas-Küchlein. Danach machte sie ihnen zwei hübsche Bettchen fertig und Hänsel und Gretel legten sich hinein und fühlten sich wie im Himmel. Die Alte hatte aber nur so freundlich getan, denn in Wahrheit war sie eine böse Hexe, die das Zuckerhäuschen bloß gebaut hatte, um die Kinder herbeizulocken und zu verspeisen.

Frühmorgens, die Kinder schliefen noch, stand die Hexe auf, und als sie die beiden so friedlich ruhen sah, mit den vollen roten Backen, so murmelte sie: „Mmmh, das wird ein Festmahl werden.“ Sie ging zu Hänsel, packte ihn mit ihrer dürren Hand, zerrte ihn in einen kleinen Stall und sperrte ihn in einen Käfig ein. Alles Schreien half ihm nichts. Dann ging sie zu Gretel, rüttelte sie wach und rief: „Steh auf, Faulenzerin, back deinem Bruder etwas Gutes, der sitzt draußen im Stall und soll fett werden. Wenn er so richtig fett ist, will ich ihn essen.“ Gretel fing an, bitterlich zu weinen, aber es war alles vergebens. Sie musste tun, was die böse Hexe verlangte.

KNUSPER, KNUSPER, KNÄUSCHEN, WER KNUSPERT AN MEINEM HÄUSCHEN?

Dem armen Hänsel wurden nun die fantastischsten Leckereien gebacken und Gretel bekam nur die Reste. Jeden Morgen schlich die Alte zu dem Ställchen und rief: „Hänsel, streck deine Finger heraus, damit ich fühlen kann, ob du bald fett bist.“ Hänsel aber streckte ihr immer ein Knöchlein entgegen und die Alte, die schon fast nichts mehr sehen konnte, dachte, es wären Hänsels Finger, und wunderte sich, dass er gar nicht fett werden wollte.

Als vier Wochen herum waren und Hänsel immer noch so dürr war, wurde sie ungeduldig und wollte nicht länger warten. „Gretel", rief sie dem Mädchen zu, „Hänsel mag fett oder mager sein, morgen will ich ihn endlich kochen. Geh und hol Wasser!" Das arme Schwesterchen weinte und schluchzte: „Ach hätten uns nur die wilden Tiere im Wald gefressen!" „Spar dir dein Gejammer", sagte die Alte, „es wird dir nichts helfen."

Gretel musste früh raus, um den Kessel mit Wasser aufzuhängen und Feuer anzuzünden. „Erst wollen wir backen", sagte die Alte, „der Backofen ist schon vorgeheizt und der Teig geknetet. Kriech hinein und schau, ob der Ofen heiß genug ist, damit wir das Brot hineinschieben können." Sobald Gretel im Ofen war, wollte die Hexe den Ofen zumachen und Gretel sollte darin backen. Gretel merkte, was die Alte im Sinn hatte, und sprach: „Ich weiß nicht, wie ich's machen soll. Wie soll ich da nur reinpassen?" „Dumme Gans", sagte die Alte, „die Öffnung ist groß genug! Schau nur, selbst ich würde dort hineinpassen." Als sie zum Ofen watschelte und den Kopf hineinsteckte, gab ihr Gretel einen Stoß, machte die eiserne Tür zu und schob den Riegel vor. Da fing die Alte ganz grauselig an zu heulen, aber Gretel lief fort und die böse Hexe musste elendig verbrennen.

Gretel lief schnurstracks zum Hänsel, öffnete seinen kleinen Käfig und rief: „Hänsel, wir sind erlöst, die alte Hexe ist tot." Da sprang Hänsel wie ein Vogel aus dem Käfig und fiel seiner Schwester freudig um den Hals. Und weil sie sich nicht mehr fürchten mussten, gingen sie in das Haus der Hexe hinein. Da standen in allen Ecken Kisten mit Perlen und Edelsteinen. „Die sind noch besser als Kieselsteine", sagte Hänsel und packte so viele Perlen und Edelsteine ein, wie seine Taschen tragen konnten. Und Gretel sagte: „Ich will auch etwas mit nach Hause bringen", und machte ihr Schürzchen voll. „Aber jetzt lass uns gehen", sagte Hänsel, „damit wir aus dem Hexenwald herauskommen."

Als sie ein paar Stunden durch den Wald geirrt waren, gelangten sie an einen großen Fluss. „Hier kommen wir nicht weiter", sprach Hänsel, „ich sehe keinen Steg und keine Brücke." „Hier fährt auch kein Schiffchen", antwortete Gretel, „aber da schwimmt eine weiße Ente, vielleicht hilf sie uns auf die andere Seite. Da rief sie: „Entchen, Entchen, wir sind Hänsel und Gretel. Es gibt keine Stege und keine Brücken, nimm uns auf deinen weißen Rücken."

Das liebe Tierchen wollte ihnen helfen und so brachte es die beiden auf die andere Seite des Flusses. Nachdem sie noch ein gutes Stück gegangen waren, kam ihnen der Wald immer bekannter vor. Da erblickten sie von Weitem das Haus ihres Vaters und sie rannten los, stürzten in die Stube hinein und fielen ihrem Vater um den Hals. Der Mann war todunglücklich gewesen, nachdem er die Kinder im Wald ausgesetzt hatte und die Frau gestorben war. Hänsel und Gretel leerten ihre Taschen aus und die Stube war voller Perlen und Edelsteine. Die Familie hatte fortan keine Sorgen mehr und lebte glücklich bis an ihr Lebensende.

JOHANNISBEER-BAISER-PLÄTZCHEN

FÜR CA. 25 STÜCK

Für den Teig:
120 g Mehl
40 g blanchierte gemahlene Mandeln
30 g Zucker
1 Pck. Bourbon-Vanillezucker
1 Prise gemahlener Zimt
1 Prise Salz
100 g kalte Butter
1 Eigelb (Größe L)
1 EL Kakaopulver

Für das Baiser:
1 Eiweiß (Größe L)
60 g Puderzucker

Außerdem:
Mehl für die Arbeitsfläche
ca. 200 g Johannisbeergelee

1 Für den Teig Mehl, Mandeln, Zucker, Vanillezucker, Zimt und Salz vermischen. Butter in Stücke schneiden und mit der Mehlmischung krümelig reiben. Eigelb zugeben und alles zu einem glatten Teig verkneten. Den Teig in zwei gleich schwere Hälften teilen und die eine Hälfte sorgfältig mit Kakao verkneten. Beide Teige zu einer Kugel formen, in Frischhaltefolie wickeln und 40 Minuten kalt stellen. Anschließend auf der bemehlten Arbeitsfläche 3 mm dick ausrollen und ca. 25 kleine Kreise (ø 2,5–3 cm) ausstechen. Teigreste erneut verkneten, ausrollen und ausstechen. Die Plätzchen nach Farben sortiert mit etwas Abstand auf zwei mit Backpapier ausgelegte Backbleche verteilen.

2 Den Backofen auf 180 °C vorheizen. Für das Baiser das Eiweiß steif schlagen, dabei nach und nach den Puderzucker einrieseln lassen. Den Eischnee in einen Spritzbeutel mit Sterntülle füllen und auf alle hellen Plätzchen kleine Tuffs spritzen. Das Blech mit den Baiserplätzchen 14–18 Minuten in den Ofen schieben. Anschließend herausnehmen und die Plätzchen vollständig auskühlen lassen. Dann das Blech mit den dunklen Plätzchen 10–12 Minuten in den Ofen schieben.

3 Das Johannisbeergelee in einem kleinen Topf unter Rühren aufkochen. Die Temperatur reduzieren und das Gelee kurz köcheln lassen, anschließend glatt rühren und abkühlen lassen. Auf jedes dunkle Plätzchen etwas Gelee geben, ein zweites Plätzchen mit Baiser obenauf setzen und vorsichtig andrücken. Die Plätzchen trocknen lassen.

BANANEN-PEKANNUSS-KUCHEN

1 Die Pekannüsse fein hacken. Die Bananen schälen und mit einer Gabel fein zerdrücken.

2 Den Backofen auf 180 °C vorheizen. Die Kastenform mit Butter fetten und mit Mehl ausstäuben. Überschüssiges Mehl herausklopfen.

3 Butter und Zucker cremig rühren. Die Eier nach und nach untermischen. Anschließend Bananenmus und Kokosmilch unterrühren. Mehl mit Haselnüssen, Backpulver und Salz vermengen und zügig unter den Teig rühren. Die gehackten Pekannüsse unterheben und den Teig gleichmäßig in die Form füllen.

4 Den Kuchen 60–70 Minuten im Ofen backen. Stäbchenprobe machen (siehe Seite 10). Die Form aus dem Ofen nehmen und den Kuchen vollständig auskühlen lassen. Die Ofentemperatur auf 200 °C erhöhen und ein Backblech mit Backpapier auslegen.

5 Für das Topping die Kuvertüre über dem heißen Wasserbad unter Rühren schmelzen. Die Pekannüsse grob hacken. Den Zucker in eine Schüssel geben und mit dem Wasser verrühren. Die gehackten Nüsse untermischen, dann nebeneinander auf dem Blech verteilen und ca. 10 Minuten unter einmaligem Wenden im Ofen rösten. Die Bananenchips fein hacken und mit den Kokosraspeln mischen. Den ausgekühlten Kuchen aus der Form stürzen und auf einen Kuchenteller setzen. Den Schokoguss auf dem Kuchen verteilen, dabei auch die Seiten einstreichen. Die gerösteten Nüsse und die Bananenchips-Kokos-Mischung daraufstreuen.

FÜR 1 KASTENFORM (CA. 25 CM LÄNGE)

100 g Pekannusskerne
3 sehr reife Bananen (ca. 350 g ohne Schale)
150 g weiche Butter
185 g Zucker
3 Eier
100 ml Kokosmilch
280 g Mehl
50 g gemahlene Haselnusskerne
1 TL Backpulver
1/4 TL Salz

Außerdem:
Butter und Mehl für die Form
150 g Vollmilchkuvertüre
50 g Pekannusskerne
1–2 TL Zucker
1,5 EL kochendes Wasser
1 Handvoll Bananenchips
2 TL Kokosraspel

BIRNEN-CRANBERRY-GALETTE

FÜR 1 GALETTE

Für den Teig:
220 g Mehl
30 g Speisestärke
2 TL Zucker
1 Prise Salz
125 g kalte Butter
50 g Crème fraîche
75 ml eiskaltes Wasser

Für die Füllung:
4 Birnen
Saft von 1/2 kleinen Zitrone
60 g Zucker
1 Pck. Bourbon-Vanillezucker
1 EL Honig
1/2 TL gemahlener Zimt
1 Prise gemahlener Kardamom
2 EL getrocknete Cranberrys

Außerdem:
Mehl für die Arbeitsfläche
1 Eigelb, verquirlt
1–2 TL brauner Zucker
1 Handvoll Mandelblättchen
1 EL Butter

1 Für den Teig Mehl, Stärke, Zucker und Salz vermengen. Die Butter in Stücke schneiden und mit der Mehlmischung krümelig reiben. Crème fraîche und eiskaltes Wasser verrühren und zum Teig geben. Alles glatt kneten, zu einer Kugel formen und in Frischhaltefolie gewickelt mindestens 30 Minuten kalt stellen.

2 In der Zwischenzeit für die Füllung die Birnen schälen, vom Kerngehäuse befreien, in Spalten schneiden und mit Zitronensaft beträufeln. In einem Topf 65 ml Wasser mit Zucker, Vanillezucker, Honig, Zimt und Kardamom verrühren und aufkochen. Kurz köcheln lassen, bis sich der Zucker aufgelöst hat. Dann die Birnenspalten zugeben und bei geringer Hitze ca. 4 Minuten dünsten. Mit einem Schaumlöffel in eine Schüssel heben und den Sud bei hoher Temperatur ein paar Minuten einkochen lassen. Aufpassen, dass nichts anbrennt. Den Sud über die Früchte gießen, die Cranberrys untermengen.

3 Den Backofen auf 190 °C vorheizen, ein Backblech mit Backpapier auslegen. Den Teig auf der leicht bemehlten Arbeitsfläche ca. 4 mm dick zu einem ca. 30 cm großen Kreis ausrollen und auf das Blech legen. Die Birnenmischung darauf verteilen, dabei einen ca. 4 cm breiten Rand aussparen. Den Rand an sechs Seiten – oder ganz nach Belieben – über die Füllung schlagen, mit Eigelb bepinseln und mit braunem Zucker bestreuen. Die Mandelblättchen und die Butter in Flöckchen auf der Füllung verteilen und die Galette in ca. 35 Minuten goldbraun backen.

GRÜN-WEISS-GEBÄCK – MATCHA TRIFFT VANILLE

1 Für den Matcha-Teig das Matcha-Pulver gut mit dem Puderzucker mischen. Mehl, Mandeln und Puderzuckermischung vermengen. Die Butter in Stücken zugeben und mit der Mehlmischung krümelig reiben. Dann das Ei zufügen und alles zu einem glatten Teig verkneten. Sollte der Teig zu klebrig sein, noch etwas Mehl untermengen. Den Teig halbieren, beide Hälften zu ca. 20 cm langen Rollen formen und in Frischhaltefolie gewickelt mindestens 1 Stunde kalt stellen. (Alternativ ca. 20 Minuten ins Gefrierfach legen.)

2 Für den Vanilleteig Mehl, Mandeln, Puderzucker, Vanillemark und Salz vermengen. Die Butter in Stücken zugeben und mit der Mehlmischung krümelig reiben. Das Ei zufügen und alles zu einem glatten Teig verkneten. Sollte der Teig zu klebrig sein, noch etwas Mehl untermengen. Den Teig halbieren, beide Hälften leicht flach drücken und in Frischhaltefolie gewickelt mindestens 1 Stunde kalt stellen. (Alternativ ca. 20 Minuten ins Gefrierfach legen.)

3 Den Vanilleteig jeweils 5 mm dick zu einem ca. 20 cm langen Rechteck ausrollen. Mit etwas Wasser bestreichen und je eine grüne Teigrolle darauflegen. Den Vanilleteig eng über den Matcha-Teig schlagen, die Kanten gut andrücken, überschüssigen Vanilleteig entfernen. Die Rollen erneut in Frischhaltefolie gewickelt 1,5 Stunden kalt stellen. (Alternativ ca. 30 Minuten ins Gefrierfach legen.)

4 Den Backofen auf 180 °C vorheizen, zwei Bleche mit Backpapier auslegen. Die Teigrollen in ca. 5 mm dicke Scheiben schneiden und auf den Blechen verteilen. Im heißen Ofen nacheinander in 10–12 Minuten hell backen. Die Kekse anschließend auf einem Kuchengitter abkühlen lassen. Sie härten dabei noch aus.

5 Die Kuvertüre über dem heißen Wasserbad schmelzen. Etwas abkühlen lassen, dann die Kekse zur Hälfte eintauchen und leicht abtropfen lassen. Auf einem Bogen Backpapier verteilen, mit etwas Matcha-Pulver bestäuben und trocknen lassen.

FÜR CA. 40 KEKSE (2 BLECHE)

Für den Matcha-Teig:
1,5 TL hochwertiges feines Matcha-Pulver
80 g Puderzucker
150 g Mehl + ggf. etwas mehr
60 g blanchierte gemahlene Mandeln
75 g kalte Butter
1 Ei (Größe S)

Für den Vanilleteig:
150 g Mehl + ggf. etwas mehr
60 g blanchierte gemahlene Mandeln
85 g Puderzucker
Mark von 1 Vanilleschote
1 Prise Salz
75 g kalte Butter
1 Ei (Größe S)

Außerdem:
150 g weiße Kuvertüre
Matcha-Pulver zum Bestäuben

LINZER TARTELETTES

FÜR CA. 6 KLEINE TARTELETTES (Ø 10 CM)

200 g Mehl
125 g gemahlene Haselnusskerne
125 g Zucker
1 TL gemahlener Zimt
1 Prise gemahlene Nelken
1 Prise gemahlener Kardamom
1 Prise gemahlener Piment
1 TL Bio-Orangenabrieb
150 g kalte Butter
1 Ei
250 g Himbeerkonfitüre ohne Kerne

Außerdem:
Butter und Mehl für die Förmchen
Mehl für die Arbeitsfläche
1 Eigelb, verquirlt

1 Mehl, Haselnüsse, Zucker, Gewürze und Orangenabrieb mischen. Die Butter in Stücke schneiden und rasch mit der Mehlmischung krümelig reiben. Dann das Ei untermischen und alles zu einem glatten Teig verkneten. Den Teig zu einer Kugel formen, in Frischhaltefolie wickeln und mindestens 30 Minuten kalt stellen.

2 Den Backofen auf 180 °C vorheizen. 6 kleine, flache Tartelettesförmchen fetten und mit Mehl ausstäuben, überschüssiges Mehl herausklopfen. Ca. 200 g vom Teig abnehmen, den Rest auf der bemehlten Arbeitsfläche 3–4 mm dick ausrollen und die Förmchen damit auskleiden. Die Konfitüre glatt rühren und gleichmäßig auf den Böden verstreichen.

3 Den restlichen Teig ebenfalls 3–4 mm dick auf der bemehlten Arbeitsfläche ausrollen, in 5 mm breite Streifen schneiden und gitterförmig auf der Konfitüre verteilen. Die Teigstreifen und die Tartelettesränder mit verquirltem Eigelb bepinseln.

4 Die Linzer Tartelettes ca. 30 Minuten im Ofen backen. Anschließend herausnehmen und vollständig auskühlen lassen.

BRATAPFEL-TARTE-TARTIN

1 Für den Teig Mehl mit Nüssen, Zucker, Vanillezucker, Zimt, Kardamom und Salz mischen. Die Butter in Stücke schneiden, zugeben und mit der Mehlmischung vermengen. Das Ei zufügen und alles zügig zu einem weichen Mürbeteig verkneten. Den Teig mindestens 30 Minuten kalt stellen.

2 Währenddessen für die Füllung die Äpfel schälen, mit einem Ausstecher vom Kerngehäuse befreien und quer halbieren. In einer kleinen ofenfesten Pfanne (ø ca. 22 cm) den Zucker mit dem Rum und den gehackten Nüssen hellbraun karamellisieren. Die Pfanne vom Herd nehmen und die Butter untermischen. Vorsicht, das schäumt! Die Apfelhälften mit der glatten Seite nach oben nebeneinander dicht an dicht in die Pfanne setzen und bei niedriger bis mittlerer Temperatur ca. 10 Minuten in der Karamellsoße schmoren. Nach Belieben die Löcher der Äpfel mit ein paar Rosinen füllen. Anschließend alles abkühlen lassen.

3 Den Backofen auf 180 °C vorheizen. Den Teig auf der bemehlten Arbeitsfläche in der Größe der Pfanne zu einem Kreis ausrollen. Dann den Teigkreis auf die abgekühlten Äpfel legen, die äußeren Äpfel vorsichtig mit dem Teigrand umschließen. Den Teig mit einer Gabel einstechen und die Tarte in ca. 35 Minuten goldbraun backen. Anschließend sofort einen Kuchenteller auf die Pfanne legen und die Tarte vorsichtig stürzen (dabei aufpassen, dass man sich nicht an der heißen Karamellsoße verbrennt!). Sofort nach Belieben mit Vanilleeis servieren.

FÜR 1 KLEINE OFENFESTE PFANNE (Ø CA. 22 CM)

Für den Teig:
150 g Mehl
30 g gemahlene Haselnusskerne
40 g Zucker
1 Pck. Bourbon-Vanillezucker
1/2 TL gemahlener Zimt
1/4 TL gemahlener Kardamom
1 Prise Salz
100 g kalte Butter
1 Ei

Für die Füllung:
3–4 kleine Äpfel
50 g Zucker
1 EL Rum
50 g gehackte Haselnusskerne (alternativ Walnusskerne)
25 g Butter
1 Handvoll Rosinen nach Belieben

Außerdem:
Apfelausstecher
Mehl für die Arbeitsfläche
Vanilleeis zum Servieren nach Belieben

SCHNELLER NUSSKUCHEN

FÜR 1 SPRINGFORM (Ø 20 CM)

75 g Walnusskerne
1/2 Vanilleschote
4 Eier
125 g weiche Butter
125 g feiner Zucker
125 g gemahlene Haselnusskerne
125 g Quark (40 % Fett)
3 EL Apfelsaft
1/2 TL gemahlener Zimt
1 Prise Salz

Außerdem:
Butter und Mehl für die Form
4 Walnusskernhälften zum Dekorieren
Puderzucker zum Bestäuben
1–2 TL brauner Zucker

1 Den Backofen auf 180 °C vorheizen, die Springform sorgfältig fetten und mit Mehl ausstäuben, überschüssiges Mehl herausklopfen. Die Walnüsse fein hacken, die Vanilleschote aufschlitzen und das Mark auskratzen. Die Eier trennen. Die Eigelbe mit Butter und Zucker schaumig schlagen. Haselnüsse, Quark, Vanillemark, Apfelsaft und Zimt unterrühren. Die Eiweiße mit dem Salz steif schlagen und mit den Walnüssen behutsam unter den Teig heben.

2 Den Teig in die Springform füllen, glatt streichen und ca. 40 Minuten backen. Die Form aus dem Ofen nehmen und die Walnusskernhälften auf den Teig legen. Alles mit braunem Zucker bestreuen und den Kuchen in 15–20 Minuten fertig backen. Stäbchenprobe machen (siehe Seite 10). Sollte der Kuchen zu schnell bräunen, die Form auf die unterste Schiene setzen und locker mit Alufolie abdecken.

3 Den Kuchen kurz abkühlen lassen, dann die Springform entfernen und den Kuchen komplett auskühlen lassen. Mit Puderzucker bestäubt servieren.

RICOTTA-BROMBEER-STRUDEL

1 Den Backofen auf 190 °C vorheizen, ein Backblech mit Backpapier auslegen. Die Butter zerlassen, 100 g beiseitestellen. Die Eier trennen, die Eiweiße mit dem Salz steif schlagen. Die Brombeeren verlesen, vorsichtig waschen und trocken tupfen.

2 Den Ricotta mit 50 g Butter, den Eigelben, Zucker, Vanillezucker, Limettenabrieb und Stärke verrühren. Den Eischnee behutsam unterheben.

3 Die Semmelbrösel mit dem braunen Zucker mischen. Ein Küchentuch auf der Arbeitsfläche ausbreiten. Ein Strudelteigblatt darauflegen, mit flüssiger Butter bepinseln und mit etwas Semmelbröselmischung bestreuen. Ein weiteres Strudelteigblatt darauflegen, mit Butter einpinseln und wieder mit Semmelbröselmischung bestreuen. So fortfahren, bis alle Teigblätter verbraucht sind.

4 Die Füllung auf dem oberen Teigblatt verteilen, dabei rundum einen ca. 4 cm breiten Rand aussparen. Die Brombeeren gleichmäßig darüberstreuen. Die kurzen Seiten über die Füllung schlagen, dann den Strudel von unten nach oben mithilfe des Küchentuchs aufrollen und mit der Naht nach unten auf das Backblech setzen.

5 Das Ei mit der Milch verquirlen und den Strudel damit einpinseln. In ca. 25 Minuten im Ofen goldbraun backen. Anschließend vor dem Anschneiden mindestens 30 Minuten abkühlen lassen. Nach Belieben mit Vanilleeis servieren.

FÜR 1 STRUDEL (CA. 25 CM LÄNGE)

150 g Butter
2 Eier
1 Prise Salz
250 g Brombeeren
350 g Ricotta
50 g Zucker
1 Pck. Bourbon-Vanillezucker
Abrieb von 1 Bio-Limette
1,5 EL Speisestärke
35 g Semmelbrösel
35 g brauner Zucker
7 Strudelteigblätter (30 x 31 cm, aus der Frischetheke)

Außerdem:
1 Ei
2 EL Milch
Vanilleeis zum Servieren nach Belieben

ANANASKÜCHLEIN MIT KOKOSSTREUSELN

FÜR 12 KÜCHLEIN

Für den Teig:
40 g weiche Butter
100 g Zucker
1 Pck. Bourbon-Vanillezucker
2 Eier
185 g Mehl
40 g blanchierte gemahlene Mandeln
1 TL Backpulver
1 Prise Salz
Abrieb von 1 Bio-Limette
125 g Kokosmilch
150 g klein gewürfelte Ananas

Für die Streusel:
75 g Mehl
30 g brauner Zucker
50 g weiche Butter
30 g Kokosraspel

Außerdem:
Kokosraspel zum Bestreuen

1 Den Backofen auf 180 °C vorheizen und ein Muffinblech mit Papierförmchen auslegen.

2 Für den Teig die Butter mit beiden Zuckersorten verrühren, die Eier unterschlagen. Mehl, Mandeln, Backpulver, Salz und Limettenabrieb mischen und abwechselnd mit der Kokosmilch unter die Buttermischung rühren. Die Ananasstücke unterheben. Den Teig auf die Förmchen verteilen, sodass sie etwas mehr als zur Hälfte gefüllt sind.

3 Für die Streusel alle Zutaten zügig miteinander verkneten, bis dicke Brösel entstehen. Die Streusel auf dem Teig in den Förmchen verteilen.

4 Die Muffins in 20–22 Minuten goldbraun backen. Anschließend auskühlen lassen, aus dem Muffinblech lösen und mit Kokosraspeln bestreut servieren.

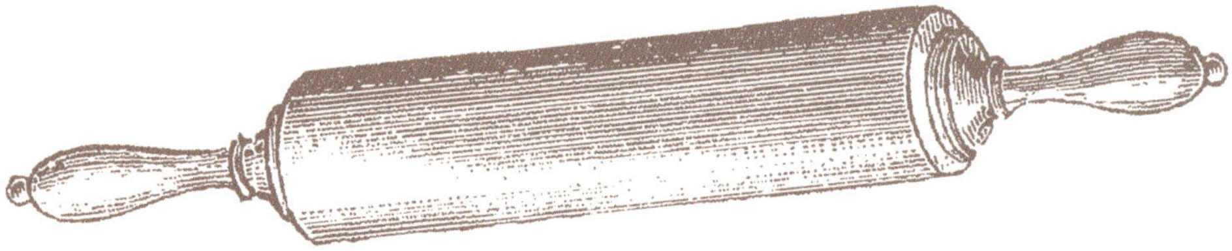

PREISELBEERKUCHEN MIT MANDELN

FÜR 1 RECHTECKIGE BACKFORM (CA. 20 X 30 CM)

Für den Boden:
220 g weiche Butter
70 g Zucker
200 g Mehl
30 gemahlene Mandeln
50 g Speisestärke
1 Prise Salz

Für den Belag:
400 g Wildpreiselbeeren (Glas)
120 g weiche Butter
120 g Zucker
Abrieb von 1 Bio-Orange
2 Eier
170 g gemahlene Mandeln
30 g Mehl
1/4 TL Backpulver
1 Prise Salz
3 EL brauner Zucker
ca. 30 g Mandelblättchen

Außerdem:
Mehl für die Arbeitsfläche

1 Den Backofen auf 180 °C vorheizen. Die Backform mit Backpapier auslegen. Für den Boden Butter und Zucker cremig rühren. Mehl, Mandeln, Stärke und Salz vermengen und zur Buttermischung geben. Alles zu einem weichen Teig verarbeiten. Den Teig auf der leicht bemehlten Arbeitsfläche mit den Händen flach drücken oder mit der Teigrolle ausrollen und den Boden der Form damit auskleiden. Mehrfach mit einer Gabel einstechen und ca. 17 Minuten im Ofen backen. Anschließend abkühlen lassen.

2 Die Preiselbeeren auf den ausgekühlten Boden streichen, dabei rundherum einen kleinen Rand frei lassen. Butter und Zucker cremig rühren, dann den Orangenabrieb und die Eier einrühren. Mandeln, Mehl, Backpulver und Salz vermengen und rasch untermischen.

3 Esslöffelweise Teig auf die Preiselbeeren geben und glatt streichen. Alles mit 1,5 EL braunem Zucker bestreuen und 10 Minuten im Ofen backen. Die Form herausnehmen, die Mandelblättchen auf den Kuchen streuen und diesen in 25–30 Minuten fertig backen. Stäbchenprobe machen (siehe Seite 10). Sollten die Mandelblättchen gegen Ende der Backzeit zu dunkel werden, die Form locker mit Alufolie abdecken.

4 Den Kuchen aus dem Ofen nehmen und sofort mit dem restlichen Zucker bestreuen. In der Form auskühlen lassen, dann in einzelne Stücke schneiden.

BISCOTTI MIT SCHOKOLADE UND ESPRESSO

FÜR CA. 16 STÜCK (1 BLECH)

100 g Zartbitterschokolade
50 g Butter
1 Ei
80 g Zucker
1 Pck. Bourbon-Vanillezucker
25 ml frisch gebrühter Espresso, abgekühlt
100 g Mehl
1,5 EL Kakaopulver
1/2 TL Backpulver
1 Prise Salz

Außerdem:
ca. 30 g Puderzucker zum Wälzen

1 Die Hälfte der Schokolade grob, die andere Hälfte fein hacken. Die grob gehackte Schokolade mit der Butter in einem Topf bei geringer Hitze schmelzen. Das Ei mit Zucker und Vanillezucker hellcremig schlagen. Die Schokoladen-Butter-Mischung mit dem Espresso unterrühren.

2 Mehl mit Kakao, Backpulver und Salz vermengen und zügig unter den Teig rühren. Die fein gehackte Schokolade untermengen. Den Teig abdecken und mindestens 2 Stunden kalt stellen, bis er fest genug zum Formen ist.

3 Den Backofen auf 180 °C vorheizen, ein Backblech mit Backpapier auslegen. Den Puderzucker in einen tiefen Teller geben. Den Teig zu 3–4 cm großen Kugeln formen und im Puderzucker wälzen. Die Teigkugeln mit reichlich Abstand auf dem Blech verteilen, sie laufen beim Backen stark auseinander. Die Biscotti 14–18 Minuten backen. Sie erscheinen dann noch etwas weich, härten aber beim Auskühlen nach.

BLÄTTERTEIG-NEKTARINEN-TÖRTCHEN MIT MARZIPAN

FÜR CA. 8 TÖRTCHEN (Ø 10 CM)

1 Rolle Blätterteig
(275 g, aus dem Kühlregal)
1 Ei, verquirlt
140 g Marzipanrohmasse
4–6 reife Nektarinen,
je nach Größe
1 Zweig Rosmarin
60 g brauner Zucker
1 Pck. Bourbon-Vanillezucker
1/2 TL gemahlener Zimt
1/4 TL gemahlener
Kardamom
1/2 TL Bio-Orangenabrieb

Außerdem:
30 g gehobelte oder gehackte
Haselnusskerne
30 g kalte Butter
Honig zum Beträufeln
Puderzucker zum Bestäuben

1 Den Backofen auf 200 °C vorheizen und ein Backblech mit Backpapier auslegen. Den Blätterteig auf der Arbeitsfläche ausbreiten, etwas größer ausrollen und daraus ca. 8 Kreise (ø 10 cm) ausstechen. Auf dem Backblech verteilen. Die Teigkreise in der Mitte mehrfach mit einer Gabel einstechen, die Ränder (ca. 2 cm frei lassen) mit verquirltem Ei bepinseln.

2 Das Marzipan fein reiben und auf die Teigkreise verteilen, die Ränder aussparen. Die Nektarinen waschen, trocken tupfen, halbieren, entsteinen und in dünne Spalten schneiden. Den Rosmarinzweig abbrausen, trocken schütteln und die Nadeln fein hacken. Rosmarin, braunen Zucker, Vanillezucker, Zimt, Kardamom und Orangenabrieb vermengen und die Nektarinen in der Mischung wenden. Dann dachziegelartig auf das Marzipan legen.

3 Die Haselnüsse über die Nektarinen streuen. Die Butter in Flöckchen auf den Früchten verteilen. Jedes Törtchen mit etwas Honig beträufeln. Die Törtchen im heißen Ofen in 15–20 Minuten goldbraun backen. Anschließend lauwarm abkühlen lassen und mit Puderzucker bestäubt servieren.

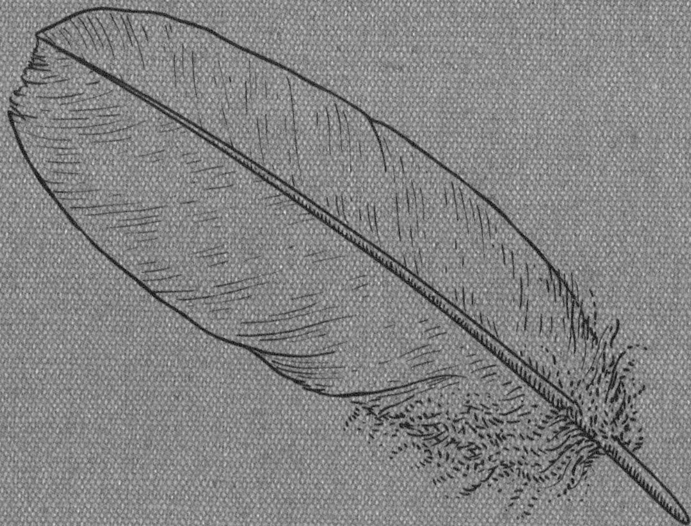

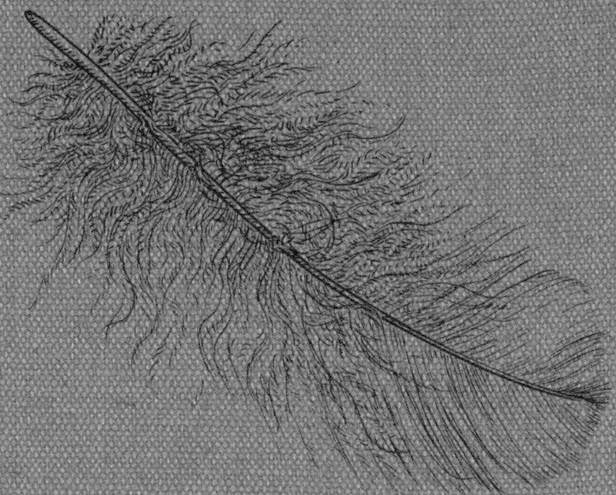

Frau Holle

PUDERZUCKER UND SCHOKOLADE

Eine Witwe hatte zwei Töchter, davon war die eine schön und fleißig, ...

die andere hässlich und faul. Die Witwe hatte aber die hässliche und faule Tochter viel lieber und die andere musste alle Arbeit tun. Das arme Mädchen musste täglich auf der großen Straße neben einem Brunnen sitzen und so viel spinnen, dass ihm das Blut aus den Fingern rann. Als die Spule einmal ganz blutig war, bückte es sich damit in den Brunnen und wollte sie abwaschen. Die Spule rutschte ihm aus der Hand und fiel hinab. Es weinte, lief zur Stiefmutter und erzählte ihr das Unglück. Sie schimpfte und war so unbarmherzig, dass sie sprach: „Hast du die Spule hinunterfallen lassen, so hol sie auch wieder heraus." Da ging das Mädchen zu dem Brunnen zurück und wusste nicht, was es tun sollte. In seiner Herzensangst sprang es in den Brunnen hinein, um die Spule zu holen, und verlor die Besinnung.

Als es wieder zu sich kam, war es auf einer schönen Wiese, wo die Sonne schien und viele Tausend Blumen blühten. Das Mädchen schlenderte über die Wiese und staunte über die Schönheit der Natur. Da kam es zu einem Backofen voller zauberhaft duftender Schokoküchlein. Die Küchlein aber riefen: „Ach, zieh uns raus, zieh uns raus, sonst verbrennen wir! Wir sind schon längst ausgebacken." Da trat es an den Ofen heran und holte die Küchlein heraus. Danach ging es weiter und kam zu einem Baum, der hing voller Nüsse. Der Baum rief ihm zu: „Ach, schüttel mich, schüttel mich! Die Nüsse sind alle reif." Da schüttelte es den Baum, dass es Nüsse regnete, und schüttelte, bis keine Nuss mehr hing. Als das Mädchen alle Nüsse aufgesammelt hatte, ging es weiter.

Da kam es zu einem kleinen Haus, wo eine alte Frau aus dem Fenster lehnte. Weil die Alte aber so große Zähne hatte, wurde dem Mädchen ganz bang und es wollte fortlaufen. Die alte Frau aber rief ihm nach: „Was fürchtest du dich, liebes Kind? Bleib bei mir! Ich bin die Frau Holle, und wenn du alle Arbeit im Hause ordentlich machst, so soll's dir gut gehen. Du musst nur Acht geben, dass du mein Bett gut machst und es fleißig aufschüttelst, dass die Federn fliegen, dann schneit es in der Welt." Weil die Alte ihm so gut zusprach, fasste sich das Mädchen ein Herz, willigte ein und begab sich in ihren Dienst. Das Mädchen erledigte alles zu ihrer Zufriedenheit und schüttelte ihr das Bett immer so sehr auf, dass die Federn wie Puderzucker umherflogen. Dafür hatte es auch ein gutes Leben bei der Alten. Es gab kein böses Wort und jeden Tag die fantastischsten Leckereien.

Als das Mädchen nun schon eine Zeit lang bei Frau Holle war, wurde es traurig und wusste anfangs selbst nicht, was ihm fehlte. Eines Tages merkte es, dass es Heimweh hatte, auch wenn es ihm hier tausendmal besser ging als zu Haus. Es fasste sich ein Herz und klagte der Alten ihr Leid. Frau Holle sagte: „Es gefällt mir, dass du wieder nach Haus zurückgehen möchtest, und weil du mir so treu gedient hast, will ich dich selbst wieder hinaufbringen." Sie nahm das Mädchen bei der Hand und führte es vor ein großes Tor. Das Tor öffnete sich und als das Mädchen darunterstand, prasselte ein gewaltiger Goldregen auf es nieder. Alles Gold blieb an ihm hängen, sodass es über und über damit bedeckt war. „Das sollst du haben, weil du so fleißig gewesen bist", sprach Frau Holle und gab ihm auch die Spule wieder, die ihm in den Brunnen gefallen war. Da ging das Tor zu und das Mädchen fand sich nicht weit vom Haus seiner Mutter wieder, und als es in den Hof kam, saß der Hahn auf dem Brunnen und rief: „Kikeriki, unsere Goldmarie ist wieder hie."

KIKERIKI, UNSERE GOLDMARIE IST WIEDER HIE.

Da ging es hinein zu seiner Mutter und weil es so voller Gold war, wurde es von ihr und der Schwester gut aufgenommen.

Das Mädchen erzählte, was passiert war, und als die Mutter hörte, wie es zu dem großen Reichtum gekommen war, wollte sie der hässlichen und faulen Tochter gerne dasselbe Glück verschaffen. Sie musste sich an den Brunnen setzen und spinnen; und damit ihre Spule blutig wurde, stach sie sich in die Finger und steckte ihre Hand in eine Dornenhecke. Dann warf sie die Spule in den Brunnen und sprang selber hinein.

Sie kam, wie die andere, auf die schöne Wiese und folgte demselben Weg. Als sie zu dem Backofen gelangte, schrien die Schokoküchlein wieder: „Ach, zieh uns raus, zieh uns raus, sonst verbrennen wir! Wir sind schon längst ausgebacken." Die Faule aber antwortete: „Ich mach mir doch die Finger nicht schmutzig", und ging fort. Bald kam sie zu dem Nussbaum, der rief: „Ach, schüttel mich, schüttel mich, die Nüsse sind alle reif." Sie antwortete aber: „Du kommst

DIE FAULE ABER ANTWORTETE: „ICH MACH MIR DOCH DIE FINGER NICHT SCHMUTZIG“ ...

mir recht, es könnte mir eine auf den Kopf fallen“, und ging weiter. Als sie am Haus von Frau Holle ankam, fürchtete sie sich nicht, weil sie von ihren großen Zähnen schon gehört hatte, und nahm die Arbeit an.

Am ersten Tag strengte sie sich an, war fleißig und tat, was Frau Holle ihr befahl, denn sie dachte an das viele Gold, das sie ihr schenken würde. Am zweiten Tag aber fing sie schon an zu faulenzen, am dritten noch mehr, da wollte sie morgens gar nicht aufstehen. Sie machte auch Frau Holle das Bett nicht, wie es ihr aufgetragen worden war, und schüttelte es nicht, bis die Federn wie Puderzucker umherflogen. Schon bald hatte Frau Holle genug davon und sagte dem Mädchen, es müsse wieder nach Hause gehen. Die Faule war erleichtert und dachte, dass nun der Goldregen kommen würde. Die Alte führte auch sie zu dem Tor. Als sie aber darunterstand, wurde statt des Goldes ein großer Kessel voll Pech ausgeschüttet. „Das ist zur Belohnung für deine Arbeit“, sagte Frau Holle und schloss das Tor. Da kam die Faule heim, und als der Hahn auf dem Brunnen sah, dass sie mit Pech bedeckt war, rief er: „Kikeriki, unsere Pechmarie ist wieder hie.“

Das Pech aber blieb fest an ihr hängen und wollte, so lange sie lebte, nicht abgehen.

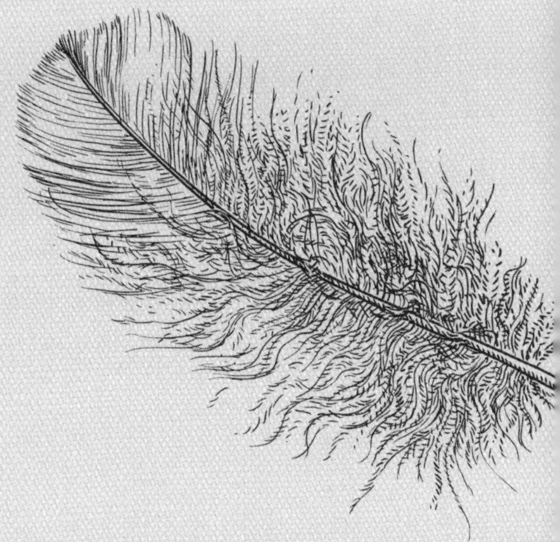

SALZIGE ERDNUSS-CUPCAKES

FÜR 12 CUPCAKES

Für den Teig:
185 g Zucker
2 Pck. Bourbon-Vanillezucker
3 Eier (Größe L)
50 g Butter
50 ml Milch
2 EL Crème fraîche
2 EL frisch gebrühter Espresso, abgekühlt
50 g Zartbitterschokolade
50 g cremige Erdnussbutter
150 g Mehl
50 g gemahlene Haselnusskerne
1,5 TL Backpulver
30 g Kakaopulver
1 kräftige Prise Salz

Für das Topping:
1 Pck. Vanillepuddingpulver
400 ml Milch
70 g Zucker
1/2 TL gemahlener Zimt
250 g cremige Erdnussbutter

Außerdem:
50 g geröstete gesalzene Erdnusskerne zum Bestreuen
Fleur de Sel zum Bestreuen

1 Den Backofen auf 180 °C vorheizen und ein Muffinblech mit Papierförmchen auslegen. Zucker, Vanillezucker und Eier dickschaumig schlagen. Die Butter zerlassen und mit Milch, Crème fraîche und Espresso mischen. Anschließend unter die Zucker-Ei-Mischung rühren. Die Schokolade in Stücke brechen und über dem heißen Wasserbad schmelzen. Abkühlen lassen und mit der Erdnussbutter unter den Teig mischen. Mehl, Haselnüsse, Backpulver, Kakao und Salz vermengen und zügig untermengen.

2 Die Mulden jeweils zu zwei Dritteln mit Teig füllen und das Blech in den Ofen stellen. Die Muffins 18–20 Minuten backen. Stäbchenprobe machen (siehe Seite 10). Anschließend vollständig auskühlen lassen.

3 Für das Topping das Puddingpulver mit 50 ml Milch und 50 g Zucker glatt rühren. Die übrige Milch mit dem restlichen Zucker und dem Zimt aufkochen und die Puddingpulvermischung unter Rühren zugeben. Ca. 1 Minute köcheln lassen, dann den Pudding in eine Schüssel füllen, mit Frischhaltefolie bedecken und vollständig auskühlen lassen. Mindestens 2 Stunden kalt stellen.

4 Die Erdnussbutter cremig rühren. Den ausgekühlten Pudding ebenfalls kurz durchrühren und portionsweise unter die Erdnussbutter mischen. In einen Spritzbeutel füllen und die Creme auf die ausgekühlten Muffins spritzen. Die Erdnüsse grob hacken und mit dem Fleur de Sel darüberstreuen.

WEISSER SCHOKOLADEN-KARAMELL-KUCHEN

FÜR 1 ECKIGE BACKFORM (CA. 24 X 24 CM)

150 g weiße Schokolade
100 g Butter + 1 EL extra
100 g Mehl
50 g blanchierte gemahlene Mandeln
80 g gesalzene Macadamianusskerne
175 g Zucker
1 Pck. Bourbon-Vanillezucker
1 Prise Salz
4 Eier
100 ml Sahne

Außerdem:
30 g weiße Kuvertüre oder weiße Schokolade zum Garnieren nach Belieben

1 Den Backofen auf 180 °C vorheizen. Die Backform sorgfältig mit Backpapier auslegen.

2 Die Schokolade in Stücke brechen und mit 100 g Butter über dem heißen Wasserbad schmelzen, dann abkühlen lassen. Das Mehl mit den gemahlenen Mandeln mischen. Die Macadamianüsse grob hacken.

3 75 g Zucker, Vanillezucker und Salz vermischen. Die Eier mit der Zuckermischung dickschaumig schlagen. Dann zunächst die Schokoladenmischung, anschließend die Mehlmischung nach und nach unterrühren. Den Teig gleichmäßig in die Form füllen und die Macadamianüsse darüberstreuen. Die Form in den Ofen stellen und den Teig 17–20 Minuten backen.

4 Währenddessen die Sahne mit 1 EL Butter und 100 g Zucker in einem kleinen Topf aufkochen. Die Temperatur etwas reduzieren und die Mischung unter gelegentlichem Rühren in ca. 15 Minuten dicklich einköcheln. Am Ende stetig rühren, da die Karamellsoße sehr schnell anbrennt.

5 Die Backform aus dem Ofen nehmen und die fertige, noch heiße, zähflüssige Karamellsoße mit einem Löffel gleichmäßig auf dem Teig verteilen. Dabei zügig vorgehen, da die Soße schnell fest wird. Die Form zurück in den Ofen geben und alles in weiteren 5 Minuten goldbraun backen. Nach Belieben in der letzten Minute den Grill zuschalten, damit die Karamellschicht schön knusprig wird und Farbe bekommt. In der Zwischenzeit nach Belieben die Kuvertüre über dem heißen Wasserbad schmelzen oder die weiße Schokolade raspeln. Den Teig auskühlen lassen, mit flüssiger Kuvertüre oder geraspelter Schokolade verzieren und anschließend in Rechtecke schneiden.

SCHOKOLADEN-PFANNKUCHEN-TORTE

FÜR 1 TORTE (Ø 16 CM)

Für den Teig:
3 Eier
200 g Mehl
60 g feiner Zucker
3 EL Kakaopulver
3 TL Backpulver
40 g Butter
375 ml Buttermilch
1 Prise Salz

Für die Schokoladencreme:
125 ml Sahne
250 g Mascarpone
125 g Magerquark
50 g Zucker
2 Pck. Bourbon-Vanillezucker
100 g Zartbitterschokolade
20 g gehackte Pistazienkerne (nach Belieben gesalzen)

Außerdem:
Butter zum Ausbacken

1 Für den Teig die Eier trennen. Mehl, Zucker, Kakao und Backpulver vermengen. Butter in einem kleinen Topf zerlassen. Anschließend abkühlen lassen, dann mit den Eigelben und der Buttermilch zufügen und alles zu einem glatten Teig verrühren. Die Eiweiße mit dem Salz steif schlagen und behutsam unterheben. Den Teig ca. 20 Minuten quellen lassen.

2 Für die Creme die Sahne steif schlagen. In einer zweiten Schüssel Mascarpone, Quark, Zucker und Vanillezucker verrühren. Die Sahne behutsam unterheben. 75 g Schokolade grob hacken und über dem heißen Wasserbad schmelzen. Etwas abkühlen lassen, dann davon 25 g abnehmen und unter die Creme rühren. Die übrige geschmolzene Schokolade beiseitestellen. Die restlichen 25 g ganze Schokolade sehr fein hacken und mit den Pistazien ebenfalls unter die Creme rühren, nach Belieben zuvor jeweils 1–2 TL zum Dekorieren beiseitelegen. Die Creme abdecken und kalt stellen.

3 Etwas Butter bei mittlerer Temperatur in einer Pfanne erhitzen. Einen Tortenring aus Metall auf 16 cm ø einstellen (alternativ eine Mini-Springform mit 16 cm ø benutzen) und in die Pfanne setzen. Je 2 Kellen Teig hineingeben. Den Pfannkuchen auf der unteren Seite 2–3 Minuten backen, bis die obere Seite kleine Blasen schlägt. Den Ring entfernen, dazu behutsam mit einem spitzen Messer am Rand entlangfahren, und den Pfannkuchen vorsichtig wenden. Von der anderen Seite in 1–2 Minuten fertig backen. Mit dem restlichen Teig ebenso verfahren, zwischendurch die Pfanne auswischen. Die Pfannkuchen komplett auskühlen lassen.

4 Einen Pfannkuchen auf eine kleine Tortenplatte setzen und ca. 2 EL Creme darauf verstreichen. Einen zweiten Pfannkuchen daraufsetzen und wieder mit Creme bestreichen. So fortfahren, bis alle Pfannkuchen und die Creme aufgebraucht sind. Die übrige geschmolzene Schokolade ggf. erneut erwärmen, bis sie streichfähig ist, und den obersten Pfannkuchen damit bepinseln. Die Torte nach Belieben mit gehackter Schokolade und Pistazien bestreuen.

SCHOKORÖLLCHEN MIT APRIKOSENSOSSE

1 Für die Füllung am Vortag den Zucker in einem Topf mit 2 EL Wasser erhitzen. Rühren, bis er sich aufgelöst hat, dann karamellisieren lassen. Sobald die Zuckermasse goldbraun ist, Milch und Sahne zugießen. Vorsicht, das kann stark schäumen! Honig und Vanilleextrakt zufügen und alles so lange köcheln lassen, bis sich das Karamell gelöst hat und die Mischung glatt ist. Den Topf vom Herd nehmen. Beide Schokoladensorten in Stücke brechen und in der heißen Flüssigkeit nach und nach unter Rühren auflösen. Die Schokoladenfüllung abkühlen lassen, dann mindestens 8 Stunden in den Kühlschrank stellen, bis die Masse stark eingedickt ist.

2 Für die Soße die Aprikosen waschen und entsteinen. Mit dem Orangensaft in ein hohes Gefäß geben und mit dem Stabmixer pürieren, anschließend durch ein feines Sieb passieren. Nach Belieben mit Honig süßen und mit Vanilleextrakt aromatisieren.

3 Die Stärke mit 4 EL kaltem Wasser glatt rühren. Jeweils ein Teigblatt auf der Arbeitsfläche ausbreiten, mit etwas Stärkemischung bepinseln und ein zweites Blatt darauflegen. Gut festdrücken, dann den Teig vierteln, sodass insgesamt zwanzig ca. 15 x 15 cm große Quadrate entstehen. Die Teigränder jeweils mit der Stärkemischung bepinseln. Dann auf das untere Teigdrittel 1 EL Schokoladenfüllung geben. Die Seiten bis zur Mitte hin über die Füllung schlagen, sodass die Füllung komplett bedeckt ist. Dann das so entstandene Rechteck eng von unten aufrollen. Den oberen Rand erneut mit Stärkemischung einpinseln, sodass die ca. 2 x 7,5 cm großen Röllchen gut verschlossen sind und beim Frittieren keine Füllung herauslaufen kann.

4 Das Öl in einem Topf auf ca. 170 °C erhitzen. Es ist heiß genug, wenn an einem hineingehaltenen Holzstab sofort kleine Bläschen aufsteigen. Jeweils drei Röllchen auf einmal ins heiße Öl geben und in ein paar Minuten goldbraun frittieren. Dabei mit einem Schaumlöffel etwas in Bewegung halten. Auf Küchenpapier abtropfen lassen. Mit Puderzucker bestäuben und noch warm mit der Aprikosensoße servieren.

FÜR 20 RÖLLCHEN

Für den Teig:
ca. 4 TL Speisestärke
250 g Filoteig (10 Blätter, 31 x 30 cm, aus der Frischetheke)
neutrales Pflanzenöl zum Frittieren

Für die Füllung:
50 g Zucker
75 ml Milch
125 ml Sahne
2 EL Honig
1/2 TL Vanilleextrakt
150 g Zartbitterschokolade
100 g Vollmilchschokolade

Für die Aprikosensoße:
300 g Aprikosen
2 EL Orangensaft
Honig nach Belieben
1/2 TL Vanilleextrakt

Außerdem:
Puderzucker zum Bestäuben

LAVAKÜCHLEIN

FÜR 6–8 KÜCHLEIN (JE NACH GRÖSSE DER FÖRMCHEN)

120 g Butter
100 g Zartbitterschokolade
100 g Vollmilchschokolade
2 Eier
2 Eigelb
35 g Zucker
1 Pck. Bourbon-Vanillezucker
1 EL Mehl
2 EL Kakaopulver
1 Prise Salz

Außerdem:
Butter und Kakaopulver für die Förmchen
ca. 50 g weiße Schokolade

1 Den Backofen auf 210 °C vorheizen. 6–8 kleine Backförmchen aus Silikon oder ofenfeste Tassen (ø ca. 8 cm) fetten und mit Kakaopulver ausstäuben.

2 Die Butter in einem kleinen Topf zerlassen. Währenddessen beide Schokoladensorten in Stücke brechen. Den Herd ausstellen und die Schokolade unter Rühren in der flüssigen, heißen Butter schmelzen. Die Mischung abkühlen lassen.

3 Eier, Eigelbe, Zucker und Vanillezucker in ein paar Minuten dickschaumig schlagen. Dann die abgekühlte Schokoladenbutter langsam unterrühren. Mehl, Kakao und Salz vermengen und behutsam unterheben. Den Teig in die Förmchen oder Tassen geben, sodass sie zu drei Vierteln gefüllt sind. Die weiße Schokolade grob hacken. Jeweils ein paar Stückchen in die Mitte der Küchlein stecken, sodass die weiße Schokolade komplett mit Teig bedeckt ist.

4 Die Küchlein in den Ofen geben und je nach Durchmesser 8–10 Minuten backen. Sie sollten innen noch einen flüssigen Kern haben. (Wer auf Nummer sicher gehen will, backt erst einmal ein Küchlein zur Probe, um den richtigen Gargrad zu testen.)

5 Die Lavaküchlein aus dem Ofen nehmen, nur kurz abkühlen lassen, dann sofort auf Portionsteller stürzen und warm servieren.

EKCO CHICAGO
PAT. PEND.

Schokoküchlein mit Haselnüssen und Roter Bete

1 Den Backofen auf 180 °C vorheizen. Die Mulden eines Muffinblechs mit Papierförmchen auslegen (alternativ kann das Blech auch gebuttert und mit Mehl ausgestäubt werden, dann werden die Ränder der Küchlein schön glatt).

2 Mehl, Haselnüsse, Zucker, Vanillezucker, Kakao, Backpulver und Salz vermengen. Die Rote Bete grob zerkleinern und mit dem Öl in eine hohe Rührschüssel geben. Mit dem Stabmixer fein pürieren. Dann die Eier nacheinander untermixen. Die Mehlmischung in drei Schritten rasch unterrühren, bis alles gut vermengt ist.

3 Den Teig zu zwei Dritteln auf die Mulden verteilen und das Blech ca. 22 Minuten in den Ofen geben. Stäbchenprobe machen (siehe Seite 10). Die Küchlein auskühlen lassen, aus dem Blech heben und von den Papierförmchen befreien.

4 Die Zartbitterkuvertüre über dem heißen Wasserbad schmelzen. Den Puderzucker mit Rote-Bete-Saft und etwas Lebensmittelfarbe verrühren, bis der Guss knallig pink ist. Die Haselnüsse grob hacken und in einer Pfanne ohne Fett rösten, bis sie aromatisch duften. Die Hälfte der komplett ausgekühlten Küchlein mit flüssiger Schokolade überziehen, die andere Hälfte mit Zuckerguss. Die Nüsse darüberstreuen.

FÜR 12 KÜCHLEIN

120 g Mehl
50 g gemahlene Haselnusskerne
150 g Zucker
1 Pck. Bourbon-Vanillezucker
50 g Kakaopulver
2 TL Backpulver
1 Prise Salz
200 g vorgegarte Rote Bete
150 ml Rapsöl
3 Eier

Außerdem:
100 g Zartbitterkuvertüre
50 g Puderzucker
ca. 1,5 EL Rote-Bete-Saft
rote Lebensmittelfarbe
80 g Haselnusskerne

SCHOKO-QUARK-HÖRNCHEN

FÜR 12 HÖRNCHEN

100 g Zartbitter- oder Vollmilchschokolade
80 g Magerquark
40 g Crème fraîche
50 g Zucker
1 Pck. Bourbon-Vanillezucker
75 ml Milch
50 ml Raps- oder Sonnenblumenöl
200 g Mehl + ggf. etwas mehr
60 g blanchierte gemahlene Mandeln
1,5 TL Backpulver
1 Prise Salz

Außerdem:
Mehl für die Arbeitsfläche
1 Eigelb, mit etwas Milch verquirlt
60 g Zartbitter- oder Vollmilchschokolade

1 Die Schokolade hacken. Quark und Crème fraîche mit Zucker, Vanillezucker, Milch und Öl verrühren. Mehl mit Mandeln, Backpulver und Salz vermengen und zur Quarkmasse geben. Alles zu einem glatten Teig verkneten. Sollte er zu klebrig sein, mehr Mehl einarbeiten.

2 Den Backofen auf 180 °C vorheizen und ein Blech mit Backpapier auslegen. Den Teig auf der leicht bemehlten Arbeitsfläche 3–4 mm dick ausrollen und in Dreiecke (ca. 12 x 14 x 14 cm) schneiden. Auf die unteren schmalen Seiten gehackte Schokolade streuen, die Dreiecke aufrollen und zu Hörnchen formen. Die Hörnchen auf dem Blech verteilen und mit verquirltem Eigelb bepinseln. In ca. 20 Minuten goldbraun backen.

3 Währenddessen Schokolade grob hacken und über dem heißen Wasserbad schmelzen. Die fertig gebackenen Hörnchen abkühlen lassen, dann mit den Spitzen in die flüssige Schokolade tauchen und diese trocknen lassen.

NUGAT-BISKUITROLLE

FÜR 1 ROLLE (CA. 30 CM LÄNGE)

Für den Biskuit:
4 Eier
1 Prise Salz
50 g feiner Zucker
1 Pck. Bourbon-Vanillezucker
50 g Mehl
50 g Speisestärke
1/4 TL Backpulver

Für die Nugatcreme:
100 g Nussnugat
2 Eier
85 g Zucker
1,5 EL Kakaopulver
2 EL Milch
2 Blatt weiße Gelatine
250 g Doppelrahmfrischkäse

Für den Guss:
100 ml Sahne
100 g Zartbitterkuvertüre
100 g Nussnugat
25 g Kokosöl
50 g Zucker

Außerdem:
Zucker zum Verarbeiten
ca. 50 g gehackte Haselnusskerne zum Bestreuen

1 Den Backofen auf 200 °C vorheizen, ein Blech mit Backpapier auslegen. Für den Teig die Eier trennen. Die Eiweiße mit dem Salz und 2 EL kaltem Wasser steif schlagen. Dabei nach und nach 25 g Zucker einrieseln lassen. Die Eigelbe mit dem übrigen Zucker und dem Vanillezucker cremig rühren, dann vorsichtig unter den Eischnee mischen. Mehl, Speisestärke und Backpulver darübersieben und behutsam unterheben. Die Biskuitmasse zu einem ca. 7 mm gleichmäßig dicken, ca. 30 x 40 cm großen Rechteck auf das Blech streichen und in ca. 12 Minuten goldbraun backen.

2 Währenddessen ein sauberes Küchentuch mit Zucker bestreuen. Den gebackenen Biskuitteig auf das Küchentuch stürzen. Das Backpapier vorsichtig abziehen (evtl. das Papier mit etwas kaltem Wasser bepinseln, dann löst es sich leichter). Den Biskuitteig mit einem feuchten Tuch bedecken, damit er schön elastisch bleibt und nicht austrocknet, dann auskühlen lassen.

3 Für die Creme das Nussnugat über dem heißen Wasserbad schmelzen. Die Eier trennen. Die Eiweiße halbsteif schlagen, dann 35 g Zucker einrieseln lassen und alles zu steifem Schnee schlagen. Die Eigelbe in einer Metallschüssel mit 50 g Zucker, Kakao und Milch über dem heißen Wasserbad in 5 Minuten schaumig schlagen. Nicht zu heiß werden lassen! Währenddessen die Gelatine in kaltem Wasser einweichen, anschließend ausdrücken und im heißen Eigelbschaum unter Rühren auflösen. Dann sofort das flüssige Nugat unterrühren, anschließend den Frischkäse. Den Eischnee behutsam unterheben. Die Creme ca. 30 Minuten kalt stellen, bis sie etwas fester geworden ist.

4 Die Nugatcreme gleichmäßig auf den Biskuitboden streichen, die Haselnüsse daraufstreuen. (Etwaige Reste der Creme schmecken hervorragend als Dessert.) Den Teig von der kurzen Seite her mithilfe des Tuches gleichmäßig aufrollen. Die Rolle fest in Alufolie wickeln und mindestens 1,5 Stunden kalt stellen.

5 Für den Guss die Sahne in einem kleinen Topf aufkochen, dann den Herd ausstellen. Kuvertüre hacken, Nugat klein schneiden und beides mit dem Kokosöl nach und nach in der heißen Sahne schmelzen. Den Zucker mit 50 ml Wasser in einem zweiten Topf aufkochen, bis er aufgelöst ist, dann die Nugatmischung unterrühren. Alles abkühlen lassen, anschließend die Biskuitrolle großzügig mit dem Guss überziehen. Erneut 1,5 Stunden kalt stellen, dann in 3 cm dicke Scheiben schneiden.

ERDBEER-SCHOKO-TARTELETTES MIT PINIENKERNEN

FÜR 6 KLEINE TARTELETTES (Ø 10 CM)

Für den Teig:
125 g Mehl
40 g gemahlene Haselnusskerne
60 g Mascarpone
60 g weiche Butter
60 g Zucker
2 EL Kakaopulver
1 Prise Salz

Für die Füllung:
50 g Zartbitterschokolade
50 g Vollmilchschokolade
2 Eier
80 g Zucker
2 Pck. Bourbon-Vanillezucker
2 Blatt weiße Gelatine
200 g Mascarpone
ca. 250 g Erdbeeren
ca. 30 g Pinienkerne

Außerdem:
Butter und Kakaopulver für die Förmchen
Mehl für die Arbeitsfläche
brauner Zucker und geraspelte Schokolade zum Bestreuen nach Belieben

1 Für den Teig alle Zutaten in eine Schüssel geben und gut miteinander verkneten. Zu einer Kugel formen, in Frischhaltefolie wickeln und mindestens 45 Minuten kalt stellen.

2 Den Backofen auf 190 °C vorheizen und 6 kleine, flache Tartelettesförmchen (ø 10 cm) buttern und mit Kakaopulver ausstäuben, überschüssiges Kakaopulver herausklopfen. Den Teig auf der leicht bemehlten Arbeitsfläche 3 mm dick ausrollen, rund ausstechen und die Förmchen damit auskleiden. Die Böden mit einer Gabel mehrfach einstechen und 12–15 Minuten im Ofen backen. Anschließend abkühlen lassen und aus den Förmchen lösen.

3 Für die Füllung beide Schokoladensorten grob hacken und über dem heißen Wasserbad schmelzen. Die Eier trennen. Eigelbe mit 40 g Zucker und dem Vanillezucker über dem heißen Wasserbad dickschaumig schlagen. Währenddessen die Gelatine in kaltem Wasser einweichen. Anschließend gut ausdrücken und mit der flüssigen Schokolade im heißen Eigelbschaum unter Rühren auflösen. Die Schüssel vom Herd nehmen und sofort den Mascarpone unterrühren. Die Eiweiße mit dem restlichen Zucker steif schlagen und behutsam unter die Creme heben. Die Creme ca. 15 Minuten kalt stellen, bis sie zu gelieren beginnt, dann in die Tartelettesböden füllen und glatt streichen. Erneut 20 Minuten kalt stellen. (Übrig gebliebene Creme schmeckt auch als Dessert hervorragend.)

4 Die Erdbeeren vorsichtig waschen, putzen und in dünne Scheiben schneiden. Die Pinienkerne in einer Pfanne ohne Fett goldbraun rösten. Die Erdbeerscheiben auf der Schokocreme verteilen und nach Belieben mit etwas braunem Zucker, geraspelter Schokolade und Pinienkernen bestreuen. Die Tartelettes am besten sofort servieren.

SCHOKOLADEN-HEFE-KRANZ

FÜR 1 SPRINGFORM MIT ROHRBODEN (Ø 26 CM)

Für den Teig:
500 g Mehl
100 g Zucker
1 Pck. Bourbon-Vanillezucker
1 kräftige Prise Salz
20 g frische Hefe
100 ml lauwarme Milch
3 Eier
125 g weiche Butter

Für die Füllung:
100 Zartbitterschokolade
(70 % Kakaoanteil)
20 g Vollmilchschokolade
80 g Butter
40 g Puderzucker

Für die Glasur:
80 g Zucker
1–2 EL Orangensaft

Außerdem:
Butter für die Form
Mehl für die Arbeitsfläche
Puderzucker zum Bestreuen nach Belieben

1 Für den Teig Mehl, Zucker, Vanillezucker und Salz in einer Schüssel vermengen. Die Hefe in der lauwarmen Milch auflösen. Eier, weiche Butter und Hefemilch zur Mehlmischung geben und alles ca. 8 Minuten zu einem geschmeidigen, glatten Teig verkneten. Die Schüssel mit Frischhaltefolie abdecken und den Teig ca. 2 Stunden gehen lassen.

2 Für die Füllung beide Schokoladensorten hacken und mit der Butter über dem heißen Wasserbad schmelzen. Abkühlen lassen und mit Puderzucker glatt rühren.

3 Die Form buttern. Den Teig in zwei gleich schwere Hälften teilen und die Teighälften nacheinander auf der leicht bemehlten Arbeitsfläche zu einem ca. 28 x 38 cm großen und 3 mm dünnen Rechteck ausrollen. Die Schokoladenfüllung gleichmäßig daraufstreichen, dabei rundum einen ca. 1,5 cm großen Rand aussparen. Das Teigrechteck von der schmalen Seite her eng und gleichmäßig aufrollen. Die Enden begradigen und beide Rollen in der Form zu einem Kranz zusammenlegen. Die Enden vorsichtig zusammendrücken. Dann den Kranz mit einem scharfen Messer zickzackförmig einschneiden. (Der Kranz kann auch ohne Springform, auf einem mit Backpapier ausgelegten Blech, gebacken werden. Siehe Foto.) Die Form mit Frischhaltefolie abdecken und den Hefekranz erneut ca. 30 Minuten gehen lassen.

4 Den Backofen auf 180 °C vorheizen. Den Hefekranz ca. 35 Minuten backen. Sollte er oben zu dunkel werden, mit Alufolie abdecken und auf die untere Schiene setzen.

5 Währenddessen für die Glasur den Zucker mit 40 ml Wasser und Orangensaft in einem kleinen Topf aufkochen. Unter gelegentlichem Rühren bei niedriger Temperatur ca. 8 Minuten einköcheln lassen. Den fertigen Kranz aus dem Ofen nehmen und noch heiß mit dem Sirup bepinseln. Anschließend abkühlen lassen, aus der Form nehmen und vor dem Anschneiden vollständig auskühlen lassen. Nach Belieben mit Puderzucker bestreut servieren.

Rausch

SCHOKO-MOUSSE-TÖRTCHEN

FÜR 7 KLEINE TÖRTCHEN (Ø 5–6 CM)

Für den Biskuit:
3 Eier
40 g Zucker
1 Pck. Bourbon-Vanillezucker
50 g Mehl
2 TL Backpulver
25 g Kakaopulver

Für die Mousse:
100 g Vollmilchschokolade
75 g Zartbitterschokolade (mind. 60 % Kakaoanteil)
350 ml Sahne
2 Eier
25 g Zucker
2 Blatt weiße Gelatine

Außerdem:
ca. 100 g geschmolzene Zartbitterschokokade zum Bestreichen nach Belieben
ca. 150 ml Sahne und 1–2 TL Puderzucker zum Dekorieren (alternativ Baisertupfen)
Kakaopulver zum Bestäuben

1 Den Backofen auf 180 °C vorheizen und eine Springform (ø 26 cm) mit Backpapier auslegen. Eier, Zucker und Vanillezucker in ca. 5 Minuten schaumig schlagen. Mehl, Backpulver und Kakao vermengen und zügig unterheben. Den Teig in die Springform füllen und im heißen Ofen ca. 15 Minuten backen. Anschließend abkühlen lassen. Aus dem Teig sieben Kreise (ø 5–6 cm) ausstechen. Sieben Portionsringe (ø 5–6 cm) nebeneinander auf ein Tablett setzen und jeweils einen Biskuitboden in jeden Ring legen.

2 Für die Mousse beide Schokoladensorten über dem heißen Wasserbad schmelzen. Die Sahne steif schlagen. Die Eier mit 4 EL Wasser und dem Zucker über dem heißen Wasserbad in ca. 5 Minuten dickschaumig schlagen. Währenddessen die Gelatine in kaltem Wasser einweichen. Anschließend die gut ausgedrückte Gelatine mit der flüssigen Schokoladenmischung in den heißen Eigelbschaum rühren. Die Schüssel vom Herd nehmen und die Masse abkühlen lassen. Die Sahne vorsichtig unterheben und die Mousse ca. 20 Minuten kalt stellen. Anschließend auf die Biskuitböden streichen und die Törtchen ca. 2 Stunden kalt stellen.

3 Die Ringe vorsichtig von den Törtchen lösen, dazu mit einem sehr dünnen, spitzen Messer am Rand entlangfahren. Nach Belieben die Seiten der Törtchen mit abgekühlter geschmolzener Zartbitterschokolade einstreichen. Die Sahne mit dem Puderzucker steif schlagen, in einen Spritzbeutel füllen und als Tupfen auf die Törtchen spritzen. Falls die Baisertupfen verwendet werden, diese nach Belieben mit einem Brenner flambieren. Mit Kakaopulver bestäuben.

MARZIPAN-SCHOKOLADEN-RÖLLCHEN

FÜR 15–20 STÜCK

Für die Füllung:
40 g weiche Butter
20 g Zucker
1 Pck. Bourbon-Vanillezucker
1 Ei
50 g Mehl
2 TL Kakaopulver
1/4 TL Backpulver
1 Prise Salz
1 EL Amaretto

Für die Röllchen:
100 g Zartbitterkuvertüre
250 g Marzipanrohmasse
20 g weiche Butter
30 g Puderzucker
1 EL Amaretto

Außerdem:
Butter für die Form
gehackte Mandeln zum Bestreuen nach Belieben

1 Für die Füllung den Backofen auf 180 °C vorheizen. Die Butter mit Zucker und Vanillezucker cremig rühren. Das Ei untermischen. Mehl mit Kakao, Backpulver und Salz vermischen. Die Mehlmischung mit dem Amaretto unterrühren. Eine Springform (ø 18 cm, alternativ zwei Mulden eines Muffinblechs, Backzeit ggf. anpassen) buttern. Den Teig einfüllen und im Ofen ca. 18 Minuten backen. Kurz abkühlen lassen, dann aus der Form nehmen und vollständig auskühlen lassen. Anschließend im Mixer oder mit den Fingern fein zerbröseln.

2 Für die Röllchen die Kuvertüre grob hacken und über dem heißen Wasserbad schmelzen. 25 g Marzipan fein schneiden und mit der Butter und dem Puderzucker vermengen. 40 g der geschmolzenen Kuvertüre, den Amaretto und den zerbröselten Kuchenteig untermengen. Alles mit den Händen zu einer glatten Kugel kneten und kalt stellen.

3 Die restliche Marzipanrohmasse in zwei gleich schwere Hälften teilen und jeweils auf Backpapier ca. 7 × 24 cm groß und 2–3 mm dick ausrollen.

4 Den Teig ebenfalls halbieren und zu zwei 24 cm langen Rollen formen. Die Rollen mittig auf die Marzipanstreifen legen und diese mithilfe des Backpapiers aufrollen, an den Kanten zusammendrücken. Dann in 2,5–3 cm breite Stücke schneiden. Die Röllchen an einem Ende in die restliche flüssige Kuvertüre tauchen, nach Belieben mit gehackten Mandeln bestreuen und fest werden lassen.

SCHWARZ-WEISS-KUCHEN

FÜR 1 KASTENFORM (24 CM LÄNGE)

Für den Kuchen:
6 Eier
1 Prise Salz
250 g weiche Butter
180 g Zucker
2 Pck. Bourbon-Vanillezucker
280 g Mehl
50 g Speisestärke
2 EL Kakaopulver
1 EL Milch

Für den Guss:
200 g Zartbitterkuvertüre
100 ml Sahne
2 TL Kokosöl
25 g Zucker
50 g weiße Kuvertüre

Außerdem:
Butter und Mehl für die Form

1 Den Backofen auf 250 °C vorheizen. Die Kastenform sorgfältig buttern und mit Mehl ausstäuben, überschüssiges Mehl herausklopfen. Die Eier trennen, die Eiweiße mit dem Salz steif schlagen. Die Eigelbe mit der Butter und beiden Zuckersorten schaumig schlagen. Das Mehl mit der Stärke vermengen und in drei Schritten unter die Eigelbmasse rühren. Den Eischnee behutsam unterheben. Den Teig in zwei gleich schwere Hälften teilen (am besten abwiegen). Eine Hälfte mit Kakao und Milch verrühren.

2 3–4 EL dunklen Teig auf dem Boden der Form glatt streichen und 4–5 Minuten backen. Dann 3–4 EL hellen Teig daraufgeben und ebenso backen. So fortfahren, bis der ganze Teig eingeschichtet und gebacken ist. (Wer es ganz penibel mag, wiegt die einzelnen Teigschichten ab, sodass sie exakt gleich dick werden.) Wenn die letzte Schicht gebacken ist, die Form mit Alufolie abdecken und noch weitere 5–10 Minuten backen. Den Kuchen aus dem Ofen nehmen, in der Form abkühlen lassen, dann vorsichtig auf ein Kuchengitter stürzen. Vollständig auskühlen lassen.

3 Für den Guss die Zartbitterkuvertüre hacken, die Sahne erhitzen und die Kuvertüre mit dem Kokosöl und dem Zucker darin unter Rühren schmelzen. Ca. 10 Minuten abkühlen lassen, währenddessen gelegentlich umrühren. Den Schokoguss auf dem Kuchen verteilen (auch an den Seiten verstreichen). Die weiße Kuvertüre fein hacken und in einen kleinen Zip-Beutel geben. Den Beutel verschließen und in heißes Wasser tauchen, bis die Kuvertüre geschmolzen ist. Den Beutel trocken tupfen, dann eine kleine Ecke abschneiden und die flüssige Kuvertüre in feinen Streifen auf den Schokoguss spritzen. Mit einem Zahnstocher Streifen durch die Kuvertüre ziehen. Den Kuchen ca. 2 Stunden kalt stellen, bis der Guss fest ist.

SCHOKOLADEN-BOURBON-CUPCAKES

1 Für das Topping Milch und Sahne in einem Topf mit Puddingpulver und Zucker verrühren. Die Mischung unter Rühren aufkochen und so lange köcheln lassen, bis sie stark eindickt. Den Pudding in eine Schüssel umfüllen, sofort mit Frischhaltefolie abdecken und alles komplett auskühlen lassen. Mindestens 1 Stunde kalt stellen.

2 Den Backofen auf 180 °C vorheizen, ein Blech mit Backpapier auslegen. Für den Teig 50 g Walnusskerne in einem leistungsstarken Mixer sehr fein mahlen. Die übrigen Nüsse hacken. 2 EL Zucker mit dem heißen Wasser verrühren und mit den gehackten Nüssen mischen. Die Nüsse auf dem Backblech verteilen und ca. 10 Minuten unter einmaligem Wenden im Ofen rösten. Abkühlen lassen.

3 Die Butter cremig rühren. Den übrigen Zucker und den Vanillezucker unterschlagen. Dann die Eier nacheinander unterrühren. Mehl, Kakao, Salz, Backpulver und gemahlene Walnüsse vermengen. Milch und Bourbon verrühren. Die Mehlmischung abwechselnd mit der Bourbonmischung zügig unter den Teig mengen. Nicht zu lange rühren. Die karamellisierten, gerösteten Walnüsse unterheben.

4 Ein Muffinblech mit Papierförmchen auslegen. Den Teig auf die Förmchen verteilen, sodass sie zu drei Vierteln gefüllt sind. Die Muffins 18–20 Minuten backen. Stäbchenprobe machen (siehe Seite 10). Anschließend abkühlen lassen, aus dem Blech lösen und komplett auskühlen lassen.

5 Für das Topping die Butter hellcremig rühren. Den kalten, festen Pudding ebenfalls einmal glatt rühren. Dann den Pudding esslöffelweise bei langsamer Mixgeschwindigkeit unter die Butter rühren, bis eine spritzfähige Creme entstanden ist. Die Creme in einen Spritzbeutel füllen und die ausgekühlten Muffins damit verzieren.

6 Für die Bourbon-Karamellsoße den Zucker in einem Topf unter Rühren hellbraun karamellisieren lassen. Die Sahne unterrühren. Kurz köcheln lassen, bis die Soße glatt ist. Den Topf vom Herd nehmen und den Bourbon untermischen. Die Soße abkühlen lassen. Dann mit einem Teelöffel über das Topping träufeln. Cupcakes sofort servieren.

FÜR 12 CUPCAKES

Für den Teig:
100 g Walnusskerne
120 g Zucker
2 EL heißes Wasser
125 g weiche Butter
1 Pck. Bourbon-Vanillezucker
2 Eier
180 g Mehl
4–5 EL Kakaopulver
1/4 TL Salz
2 TL Backpulver
75 ml Milch
50 ml Bourbon Whiskey

Für das Topping:
500 ml Milch
250 ml Sahne
2 Pck. Schokoladen-puddingpulver
30 g Zucker
180 g weiche Butter

Für die Bourbon-Karamellsoße:
75 g Zucker
40 ml Sahne
25 ml Bourbon Whiskey

Sterntaler

HIMMLISCHES GEBÄCK

Es war einmal ein kleines Mädchen,

dem war Vater und Mutter gestorben, und es war so arm, dass es kein Zimmerchen mehr hatte, darin zu wohnen, und kein Bettchen mehr, darin zu schlafen, und nichts mehr außer den Kleidern, die es trug, und ein Stückchen Kuchen in der Hand, das ihm ein mitleidiges Herz geschenkt hatte. Aber es war gut und fromm. Und weil es so von aller Welt verlassen war, ging es im Vertrauen auf den lieben Gott hinaus in die weite Welt.

Da begegnete ihm ein armer Mann, der sprach: „Ach, gib mir etwas zu essen, ich bin so hungrig." Es reichte ihm das ganze Stückchen Kuchen und sagte: „Gott segne dich", und ging weiter. Da kam ein Kind, das jammerte und sprach: „Es friert mich so an meinem Kopfe, schenk mir etwas, womit ich ihn bedecken kann." Da nahm es seine Mütze ab und gab sie ihm. Und als es noch eine Weile gegangen war, kam wieder ein Kind. Es hatte kein Leibchen an und fror – da gab es ihm seins. Ein Stückchen weiter bat eins um ein Röcklein und das kleine Mädchen gab es ihm. Es war schon dunkel geworden, da gelangte es in einen Wald und noch ein Kind kam und bat um ein Hemdlein. Das fromme Mädchen dachte: „Es ist dunkle Nacht, da sieht dich niemand, da kannst du schon dein Hemd weggeben." Es zog das Hemd aus und gab auch das noch weg.

Und wie es da so stand und gar nichts mehr hatte, fielen auf einmal die Sterne vom Himmel und waren lauter glänzende Goldmünzen. Und obwohl es sein Hemdlein weggegeben hatte, so hatte es ein neues an und das war von allerfeinstem Leinen. Damit sammelte es die Taler auf und war reich bis ans Ende seiner Tage.

ENGELSAUGEN

FÜR CA. 20 STÜCK (1 BLECH)

150 g Mehl
30 g gemahlene Mandeln
60 g Zucker
1/2 TL Backpulver
1 Prise gemahlener Zimt
1/2 TL Bio-Zitronenabrieb
1 Prise Salz
75 g kalte Butter
1 Ei

Außerdem:
ca. 3 EL Himbeerkonfitüre ohne Kerne (alternativ Gelee) + ggf. etwas mehr
Puderzucker zum Bestäuben nach Belieben

1 Mehl, Mandeln, Zucker, Backpulver, Zimt, Zitronenabrieb und Salz vermengen. Die Butter in Stücke schneiden und mit der Mehlmischung krümelig reiben. Das Ei zufügen und alles zügig zu einem glatten Teig verkneten. Den Teig zu einer Kugel formen, in Frischhaltefolie wickeln und 30 Minuten kalt stellen.

2 Vom Teig walnussgroße Stücke (à 15–20 g) abnehmen und zu Kugeln formen. Auf einem großen Tablett verteilen und in jede Kugel mithilfe eines Kochlöffelstiels eine Mulde drücken. Die Teigkugeln erneut 30 Minuten kalt stellen.

3 Den Backofen auf 180 °C vorheizen. Ein Backblech mit Backpapier auslegen. Die Kugeln mit etwas Abstand zueinander auf dem Blech verteilen und mit Himbeerkonfitüre füllen. Dann im heißen Ofen in ca. 10 Minuten hellgelb backen. Anschließend auf einem Kuchengitter abkühlen lassen. (Wer mag, füllt die ggf. etwas eingesunkenen Mulden der Engelsaugen noch einmal mit Konfitüre auf.) Nach Belieben mit Puderzucker bestäuben.

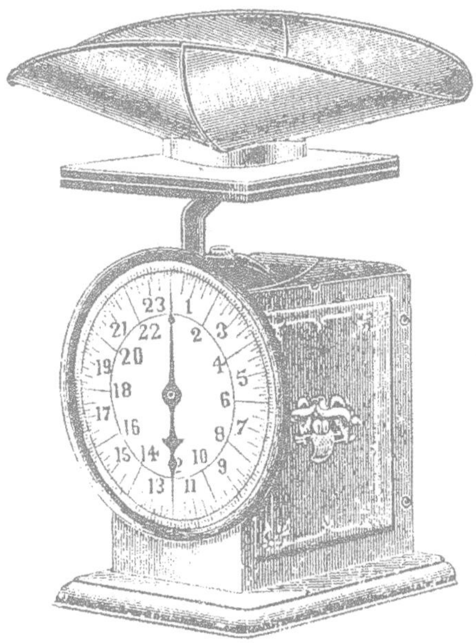

SÜSSKARTOFFEL-MASCARPONE-TARTE

1 Die Tarteform buttern und mit Mehl ausstäuben, überschüssiges Mehl herausklopfen.

2 Für den Teig Mehl, Salz und braunen Zucker mischen. Die Butter in Stücke schneiden, zufügen und mit der Mehlmischung krümelig reiben. 2–3 EL kaltes Wasser zugeben und alles zu einem glatten Teig verkneten. Den Teig auf der leicht bemehlten Arbeitsfläche rund ausrollen und die Form damit auskleiden. Den Boden mehrfach mit einer Gabel einstechen und ca. 30 Minuten kalt stellen.

3 Währenddessen für die Füllung die Süßkartoffeln in Stücke schneiden, mit dem Orangensaft, etwas Wasser und der Butter in einen Topf geben. Einmal kurz aufkochen, dann zugedeckt bei niedriger Temperatur in ca. 20 Minuten weich garen. Dabei öfter umrühren und aufpassen, dass nichts anbrennt. Ggf. etwas Wasser zufügen. Die Süßkartoffelwürfel anschließend mit der Sahne in ein hohes Gefäß füllen und mit einem Stabmixer fein pürieren. Abkühlen lassen.

4 Den Backofen auf 200 °C vorheizen. Den Tarteboden mit Backpapier bedecken und mit Hülsenfrüchten beschweren, dann 12–14 Minuten blindbacken. Die Ofentemperatur auf 180 °C reduzieren, Backpapier und Hülsenfrüchte entfernen und den Boden abkühlen lassen.

5 Eier, Eigelb und braunen Zucker in einer großen Schüssel schaumig schlagen. Süßkartoffel-Sahne-Mischung, Honig, Mascarpone, Zimt, Kardamom, Muskat und Piment unterrühren, bis eine glatte Creme entstanden ist. Die Creme gleichmäßig bis kurz unter den Rand auf dem Tarteboden verteilen (je nach Höhe der Form bleibt ggf. etwas Füllung übrig) und die Tarte in 35–40 Minuten fertig backen. Stäbchenprobe machen (siehe Seite 10). Sollte der Rand zu braun werden, die Tarte mit Alufolie abdecken. Anschließend komplett auskühlen lassen und aus der Form lösen. Mit Zimt bestäuben.

FÜR 1 TARTEFORM MIT HEBEBODEN (Ø 24 CM)

Für den Teig:
275 g Mehl
1/4 TL Salz
2,5 TL brauner Zucker
150 g kalte Butter

Für die Füllung:
450 g Süßkartoffeln (Gewicht ohne Schale, ca. 1,5 Süßkartoffeln)
3,5 EL Orangensaft
1–2 TL Butter
120 ml Sahne
2 Eier (Größe L)
1 Eigelb (Größe L)
100 g brauner Zucker
25 g Honig
85 g Mascarpone
1 TL gemahlener Zimt
1/4 TL gemahlener Kardamom
1/4 TL frisch geriebene Muskatnuss
1 Prise gemahlener Piment

Außerdem:
Butter und Mehl für die Form
Mehl für die Arbeitsfläche
getrocknete Hülsenfrüchte zum Blindbacken
gemahlener Zimt zum Bestäuben

PFIRSICH-ROSEN-CREME

FÜR 8 PORTIONEN

Für die Blätterteigrosen:
3 Pfirsiche
ggf. 1 TL Butter
3 EL Pfirsichkonfitüre (alternativ eine andere Lieblingskonfitüre)
1 Rolle Blätterteig (270 g, aus der Frischetheke)
4 TL brauner Zucker

Für die Creme:
7 Pfirsiche
Saft und Abrieb von 1/2 Bio-Zitrone
80 g Gelierzucker 3:1
2 TL Rosensirup
400 g Joghurt-Frischkäse
400 g Magerquark
2 EL Puderzucker
2 Pck. Bourbon-Vanillezucker
250 ml Sahne

Außerdem:
Puderzucker zum Bestäuben

1 Für die Blätterteigrosen den Backofen auf 190 °C vorheizen, acht Mulden einer Muffinform mit Papierförmchen auslegen. Die Pfirsiche waschen, trocken tupfen, halbieren, entsteinen und in hauchdünne Scheiben schneiden. Sind die Pfirsiche sehr fest, die Butter in einer Pfanne zerlassen und die Pfirsichscheiben darin in ein paar Minuten weich dünsten. Die Konfitüre erwärmen, bis sie streichfähig wird.

2 Den Blätterteig auf der Arbeitsfläche ausbreiten und quer in acht ca. 4,5 cm breite Streifen schneiden. Die Blätterteigstreifen dünn mit Konfitüre einpinseln und die Pfirsichscheiben leicht überlappend darauflegen, sodass die runden Seiten der Halbkreise an einer langen Seite etwas überstehen. Die Pfirsichscheiben mit braunem Zucker bestreuen. Den Teig längs vorsichtig über die Pfirsichscheiben klappen und dann von einer Seite eng aufrollen. Die so entstandenen Rosen in das Muffinblech setzen und mit der übrigen Konfitüre einpinseln. Die Form ca. 50 Minuten in den Ofen geben, bis die Blätterteig-Pfirsich-Rosen goldbraun und knusprig sind. Sollten sie zu dunkel werden, ggf. in den letzten 15 Minuten mit Alufolie abdecken. Anschließend auskühlen lassen und vorsichtig aus den Förmchen lösen.

3 Für die Creme die Pfirsiche schälen, entsteinen, würfeln und mit dem Zitronensaft fein pürieren. Man benötigt ca. 500 g Pfirsichpüree. Das Püree in einem kleinen Topf mit dem Gelierzucker verrühren und erhitzen. Einige Minuten unter Rühren kochen. Den Topf vom Herd nehmen und den Rosensirup untermischen. Das Püree vollständig auskühlen lassen. Frischkäse, Magerquark, 6 EL vom Pfirsichpüree, Zitronenabrieb, Puder- und Vanillezucker glatt rühren. Die Sahne steif schlagen und unter die Frischkäsecreme rühren. Die Creme abwechselnd mit dem Pfirsichmus in eine Glasschüssel oder acht Dessertgläser schichten. Die Blätterteigrosen daraufsetzen und mit Puderzucker bestäubt servieren.

JOHANNISBEER-KUPPELTORTE

FÜR 1 SPRINGFORM (Ø 24 CM) ODER 1 SCHALE (CA. 10 CM HOCH, MIT CA. 1,25 L INHALT)

Für den Biskuit:
3 Eier
1 Prise Salz
100 g Zucker
60 g Mehl
40 g Speisestärke
1/4 TL Backpulver
200 g Johannisbeergelee

Für die Creme:
300 g Johannisbeeren (alternativ TK-Beeren, aufgetaut und abgetropft)
2 EL Saft und Abrieb von 1/2 Bio-Limette
400 g Doppelrahmfrischkäse
300 g Magerquark
125 g Zucker
7 Blatt weiße Gelatine
100 ml Sahne
1 Pck. Bourbon-Vanillezucker

Für den Mürbeteig:
110 g Mehl
40 g Zucker
1 Pck. Bourbon-Vanillezucker
1 Prise Salz
75 g kalte Butter in Stücken
1 Eigelb

Außerdem:
frische Johannisbeeren zum Dekorieren

1 Den Backofen auf 200 °C vorheizen, ein Blech mit Backpapier auslegen. Für den Biskuit Eier trennen. Eiweiße mit Salz halbsteif schlagen, dann die Hälfte des Zuckers einrieseln lassen und alles steif schlagen. Eigelbe mit dem übrigen Zucker hellcremig rühren. Mehl, Stärke und Backpulver mischen und abwechselnd mit der Eigelbmasse unter den Eischnee heben. Den Teig auf dem Blech ca. 6 mm hoch verstreichen und ca. 9 Minuten backen. Auf ein feuchtes Küchentuch stürzen. Backpapier mit etwas Wasser befeuchten und abziehen. Biskuit mit einem zweiten feuchten Küchentuch bedecken und abkühlen lassen.

2 Für die Creme die Beeren waschen und von den Rispen streifen. 100 g abnehmen, den Rest mit Limettensaft pürieren und durch ein feines Sieb passieren. Limettenabrieb, Frischkäse, Quark und Zucker verrühren. Gelatine in kaltem Wasser einweichen. Anschließend ausdrücken und in einem Topf bei geringer Hitze unter Rühren auflösen. 2 EL der Frischkäsecreme einrühren, dann die Gelatine-Frischkäse-Mischung unter die übrige Creme rühren. Johannisbeerpüree und die ganzen Beeren unterziehen. Die Creme 20 Minuten kalt stellen. Die Sahne steif schlagen, dabei den Vanillezucker einrieseln lassen, dann rasch unter die Johannisbeercreme heben.

3 Das Gelee erwärmen. Biskuit mit Gelee bestreichen und längs halbieren. Dann jeweils eng von der schmalen Seite her zusammenrollen. Beide Rollen in Alufolie wickeln und 20 Minuten kalt stellen. Die Schüssel mit Frischhaltefolie auslegen. Die Biskuitrollen in ca. 8 mm dicke Scheiben schneiden und die Schüsselwand damit dicht an dicht auslegen. Die Rollen so zurechtschneiden, dass oben ein gerader Rand gelegt werden kann. Johannisbeercreme einfüllen und die Form abgedeckt mind. 3 Stunden kalt stellen.

4 Für den Teig Mehl, Zucker, Vanillezucker und Salz vermengen. Die Butter zugeben und alles krümelig reiben. Eigelb untermengen, den Teig glatt kneten, in Frischhaltefolie wickeln und 30 Minuten kalt stellen. Den Backofen auf 200 °C vorheizen, die Springform mit Backpapier auslegen. Den Teig auf der Frischhaltefolie rund ausrollen und den Boden der Springform damit auslegen. Den Teigboden 10 Minuten backen. Auskühlen lassen.

5 Den Boden auf die Creme setzen und die Torte vorsichtig auf eine Platte stürzen. Frischhaltefolie abziehen und die Kuppeltorte mit frischen Johannisbeeren dekorieren.

MACADAMIA-CUPCAKES

FÜR 12 CUPCAKES

Für den Teig:
145 g weiche Butter
75 g brauner Zucker
1 Pck. Bourbon-Vanillezucker
3 Eier (Größe L)
70 g Ahornsirup
210 g Mehl
2 TL Backpulver
4 EL Milch
85 g gesalzene Macadamianusskerne

Für das Topping:
150 g weiche Butter
2 TL Ahornsirup + etwas zum Beträufeln nach Belieben
1/4 TL gemahlener Zimt
250 g Puderzucker
75 g Doppelrahmfrischkäse
12 g gesalzene Macadamianusskerne
1 TL brauner Zucker

1 Den Backofen auf 180 °C vorheizen. Ein Muffinblech mit Papierförmchen auslegen.

2 Für den Teig Butter, braunen Zucker und Vanillezucker cremig rühren, dann die Eier einzeln untermischen, den Ahornsirup ebenfalls unterrühren. Mehl mit Backpulver vermengen und zügig mit der Milch unter den Teig rühren. Die Macadamianüsse hacken und unterheben.

3 Den Teig gleichmäßig auf die Förmchen verteilen und 18–20 Minuten backen. Stäbchenprobe machen (siehe Seite 10). Die Muffins kurz abkühlen lassen, dann aus dem Blech lösen und vollständig auskühlen lassen.

4 Für das Topping die Butter hellcremig rühren, 1 TL Ahornsirup und den Zimt untermischen. Nach und nach den Puderzucker einarbeiten. Anschließend den Frischkäse unterrühren. Die Creme ca. 20 Minuten kalt stellen, dann in einen Spritzbeutel füllen und auf die ausgekühlten Muffins spritzen. Die Macadamianüsse in einer Pfanne mit dem braunen Zucker und 1 TL Ahornsirup karamellisieren. Die Cupcakes damit garnieren. Nach Belieben mit zusätzlichem Ahornsirup beträufeln.

CAPPUCCINO-GRIESS-KUCHEN

1 Den Backofen auf 155 °C vorheizen. Die Kastenform sorgfältig buttern und mit Paniermehl ausstreuen, überschüssiges Paniermehl herausklopfen.

2 Das Espressopulver und den Kakao im heißen Wasser auflösen. Den Zimt untermischen. Butter, Zucker, Vanillezucker und Salz cremig rühren, dann nach und nach die Eier unterschlagen. Grieß, Quark, Frischkäse und Crème fraîche einrühren. Ca. 320 g Teig abnehmen und mit der Milch verrühren. Dann gleichmäßig in die Form füllen und ca. 15 Minuten ins Gefrierfach stellen. Den übrigen Teig mit der Espresso-Kakao-Mischung und dem Ahornsirup verrühren. Dann vorsichtig und gleichmäßig auf den angefrorenen hellen Teig gießen.

3 Die Form in den Ofen geben und den Kuchen 65–70 Minuten backen. Den Ofen ausschalten und den Kuchen bei geschlossener Tür noch ca. 15 Minuten ruhen lassen. Anschließend komplett auskühlen lassen (das dauert mindestens 2,5 Stunden), erst dann aus der Form stürzen und auf einen Kuchenteller setzen.

4 Die Sahne mit dem Puderzucker steif schlagen und den Kuchen damit bestreichen. Mit Kakaopulver bestäubt servieren.

FÜR 1 KASTENFORM (25 CM LÄNGE)

Für den Teig:
1,5 TL Instant-Espressopulver
1,5 TL Kakaopulver
50 ml heißes Wasser
1/4 TL gemahlener Zimt
80 g weiche Butter
110 g Zucker
2 Pck. Vanillezucker
1 Prise Salz
3 Eier
50 g Weichweizengrieß
400 g Magerquark
200 Doppelrahmfrischkäse
60 g Crème fraîche
2 EL Milch
1 TL Ahornsirup

Außerdem:
Butter und Paniermehl für die Form
150 ml Sahne
1–2 TL Puderzucker
Kakaopulver zum Bestäuben

ZITRONENMUFFINS MIT FRISCHKÄSEFÜLLUNG

FÜR 12 MUFFINS

4 kleine Bio-Zitronen
150 g Doppelrahmfrischkäse
100 g Zucker
2 Pck. Bourbon-Vanillezucker
2 Eier
200 g Naturjoghurt (3,5 % Fettanteil)
75 ml Rapsöl
220 g Mehl
30 g blanchierte gemahlene Mandeln
2 TL Backpulver
1 Prise Salz

Außerdem:
Butter und Mehl fürs Blech
1 kleine Bio-Zitrone
60 g Zucker
Puderzucker zum Bestäuben

1 Den Backofen auf 180 °C vorheizen. Die Mulden eines Muffinblechs sorgfältig buttern und mit Mehl ausstäuben. 2 Zitronen heiß abwaschen, trocken tupfen und fein abreiben. 4 Zitronen auspressen. Es werden ca. 120 ml Saft benötigt.

2 Den Frischkäse mit 2 EL Zitronensaft, 1 EL Zucker und 1 Pck. Vanillezucker cremig rühren. Eier, Joghurt, Öl, den übrigen Zucker und Vanillezucker sowie 6 EL Zitronensaft und den Zitronenabrieb vermischen. Mehl, Mandeln, Backpulver und Salz vermengen und unter die Eiermischung rühren.

3 Je 1 EL Teig auf die Mulden des Muffinblechs verteilen. Jeweils 1 gehäuften TL Frischkäsemasse daraufgeben und den restlichen Teig darüber verteilen. Die Muffins in ca. 22 Minuten goldbraun backen.

4 Währenddessen die Zitrone heiß abwaschen und trocken tupfen. Mit einem Zestenreißer dünne Zesten abziehen. 60 g Zucker mit dem restlichen Zitronensaft aufkochen und in ca. 10 Minuten sirupartig einkochen lassen, ggf. etwas Wasser zufügen.

5 Die fertigen Muffins aus dem Ofen nehmen, sofort mit Sirup beträufeln und mit je 1–2 Zitruszesten dekorieren. Auskühlen lassen, dann aus dem Blech lösen. Mit Puderzucker bestäubt servieren.

HIMBEER-SCHMAND-TORTE

FÜR 1 SPRINGFORM (Ø 24 CM)

Für den Mürbeteig:
85 g Mehl
30 g Zucker
1 Pck. Bourbon-Vanillezucker
1 Prise Salz
60 g kalte Butter in Stücken
1 Eigelb

Für den Biskuit:
4 Eier
1 Prise Salz
100 g Zucker
60 g Mehl
50 g Speisestärke
1/2 TL Backpulver

Für die Füllung:
400 g Himbeeren (frisch oder TK, aufgetaut)
6 Blatt weiße Gelatine
500 g Schmand
250 g Magerquark
100 g Crème fraîche
2 EL Orangensaft
100 g Zucker
1 Pck. Bourbon-Vanillezucker
ca. 400 ml Sahne
2 EL Puderzucker

Außerdem:
Zucker zum Bestreuen
ca. 4 EL Himbeerkonfitüre ohne Kerne
ca. 250 g weiße Kuvertüre zum Bestreichen der Ränder

1 Für den Teig Mehl, Zucker, Vanillezucker und Salz vermengen und mit der Butter krümelig reiben. Eigelb zufügen und alles glatt kneten. In Frischhaltefolie wickeln und 30 Minuten kalt stellen. Den Ofen auf 200 °C vorheizen, die Springform mit Backpapier auslegen. Den Teig auf der Frischhaltefolie ausrollen und den Boden der Form damit auslegen. Den Teig 8 Minuten backen. Den Ofen anlassen.

2 Für den Biskuit Eier trennen. Eiweiße mit Salz und der Hälfte des Zuckers steif schlagen. Eigelbe mit dem übrigen Zucker 5 Minuten hellcremig schlagen. Eigelbmasse vorsichtig unter den Eischnee mischen. Mehl, Stärke und Backpulver vermengen und darübersieben. Vorsichtig vermischen. Die Biskuitmasse ca. 1,5 cm hoch auf ein mit Backpapier ausgelegtes Backblech streichen. Den Teig 10–12 Minuten backen. Den Biskuit auf ein mit Zucker bestreutes Küchentuch stürzen, das Backpapier abziehen, ein feuchtes Küchentuch auf den Teig legen und diesen abkühlen lassen. Dann längs in 6 cm breite Streifen schneiden.

3 Für die Füllung die Beeren mit einer Gabel zerdrücken und durch ein Sieb passieren. Gelatine in kaltem Wasser einweichen. Schmand, Magerquark, Crème fraîche, Orangensaft, Zucker und Vanillezucker verrühren. Die eingeweichte Gelatine tropfnass in einen Topf geben und unter Rühren bei geringer Hitze auflösen, dann mit dem Beerenpüree mischen. Beerenmischung mit der Schmandmasse verrühren und 20 Minuten kalt stellen. Sahne mit Puderzucker steif schlagen.

4 Den ausgekühlten Boden auf eine Tortenplatte setzen, mit ca. 1,5 EL Konfitüre bestreichen. Einen Tortenring um den Boden legen. Zwei Biskuitstreifen zu einem Kreis zusammensetzen und damit den inneren Tortenring komplett auskleiden, überschüssigen Teig entfernen. Dann zwei weitere Streifen mit jeweils ca. 2,5 cm Abstand zu einem größeren und einem kleineren Kreis formen und auf den Boden setzen. Die Hälfte der Sahne unter die Schmandmasse heben und die Creme vorsichtig mithilfe eines Spritzbeutels zwischen den Biskuitstreifen verteilen. Die Torte und die übrige Sahne mindestens 6 Stunden kalt stellen.

5 Die restliche Sahne auf die Torte streichen, sodass die Biskuitstreifen oben verdeckt sind. Den Ring abnehmen. Übrige Konfitüre erwärmen und die Torte damit verzieren. Kuvertüre über dem heißen Wasserbad schmelzen und an den Rand der Torte streichen. Trocknen lassen und bis zum Servieren kalt stellen.

BROMBEER-GANACHE-KÜCHLEIN

FÜR 12 STÜCK

Für den Teig:
250 g Mehl
80 g Zucker
2 Pck. Bourbon-Vanillezucker
1 Prise gemahlener Zimt
1 Prise Salz
125 g kalte Butter
1 Eigelb

Für die Füllung:
200 g Zartbitterschokolade
50 g Vollmilchschokolade
125 ml Sahne
1,5 EL Zucker

Außerdem:
Butter und Mehl für die Förmchen
Mehl für die Arbeitsfläche
ca. 250 g Brombeeren
Puderzucker zum Bestäuben nach Belieben

1 Für den Teig Mehl, Zucker, Vanillezucker, Zimt und Salz mischen. Die Butter in Stücke schneiden und mit der Mehlmischung krümelig reiben. Das Eigelb zufügen und alles rasch zu einem glatten Teig verkneten. In Frischhaltefolie wickeln und 1 Stunde kalt stellen.

2 Den Backofen auf 180 °C vorheizen. Die Mulden eines Muffinblechs fetten und mit Mehl ausstäuben, überschüssiges Mehl herausklopfen. Den Teig auf der mit Mehl bestäubten Arbeitsfläche 3–4 mm dick ausrollen und daraus Kreise (ø ca. 10 cm) ausstechen. (Für ein Wellenmuster am Rand der Küchlein Tartelettesförmchen zum Ausstechen benutzen.) Die Mulden vorsichtig mit den Teigkreisen auslegen, die Ränder leicht andrücken. Das Blech ca. 15 Minuten in den Ofen geben. Anschließend die Böden komplett auskühlen lassen und behutsam aus dem Blech lösen.

3 Für die Füllung beide Schokoladensorten fein hacken. Die Sahne mit dem Zucker kurz aufkochen, bis sich der Zucker aufgelöst hat. Den Topf vom Herd nehmen, die Schokolade nach und nach zugeben und unter Rühren in der heißen Sahne schmelzen. Die Ganache abkühlen lassen, bis sie etwas eindickt. Dann je 3 TL auf jeden Boden verteilen.

4 Die Brombeeren verlesen, ggf. vorsichtig waschen und trocken tupfen. Jeweils drei Brombeeren auf ein Küchlein setzen. Nach Belieben mit Puderzucker bestäubt servieren.

FRUCHTIGE NUSSSCHNITTEN

FÜR CA. 16 STANGEN

30 g Haselnusskerne
30 g Walnusskerne
20 g Mandeln
40 g Vollmilchschokolade
25 g Marzipanrohmasse
1 EL getrocknete Cranberrys
1 EL getrocknete Aprikosen
1 EL gehackte Pistazienkerne
100 g weiche Butter
55 g Zucker
1 Pck. Bourbon-Vanillezucker
1 Ei
100 g Mehl
50 g gemahlene Mandeln
50 g gemahlene Haselnusskerne
1/2 TL Bio-Orangenabrieb

Außerdem:
80 g Puderzucker
ca. 3 EL Amaretto (alternativ Orangensaft)

1 Haselnüsse, Walnüsse und Mandeln fein hacken. Die Vollmilchschokolade raspeln. Das Marzipan ebenfalls raspeln. Die Cranberrys und die Aprikosen fein hacken. Alles mit den Pistazienkernen vermischen und beiseitestellen.

2 Die Butter mit Zucker und Vanillezucker hellcremig rühren, dann das Ei untermischen. Mehl mit gemahlenen Mandeln, Haselnüssen und Orangenabrieb vermengen und zügig unter die Buttermasse rühren. Die beiseitegestellte Nussmischung zugeben und ebenfalls rasch untermengen. Den Teig zu einer Kugel formen, in Frischhaltefolie wickeln und mindestens 45 Minuten in den Kühlschrank stellen.

3 Den Backofen auf 175 °C vorheizen. Den Teig auf einem Bogen Backpapier zu einem ca. 1,5 cm dicken und ca. 22 cm großen Quadrat ausrollen. Den Teig mit dem Backpapier auf ein Backblech ziehen und ca. 22 Minuten backen. Anschließend kurz abkühlen lassen.

4 Den Puderzucker mit dem Amaretto verrühren und den warmen Teig damit bestreichen. Alles abkühlen lassen und den Teig mit einem scharfen Messer in einzelne Stücke teilen.

APFEL-CASHEW-TARTE

FÜR 1 TARTEFORM MIT HEBEBODEN (Ø 24 CM)

Für den Teig:
50 g Cashewkerne (ersatzweise gemahlene Haselnüsse)
220 g Mehl
1 Prise Salz
40 g Puderzucker
150 g kalte Butter
1 Eigelb

Für die Füllung:
100 g Marzipanrohmasse
3 Eier
150 g Magerquark
100 g Crème fraîche
60 g Zucker
1 Pck. Bourbon-Vanillezucker
Abrieb von 1/2 Bio-Zitrone

Für den Belag:
3 rotschalige Äpfel
½ TL Zucker
2 EL Zitronensaft
30 g Cashewkerne
1 TL brauner Zucker

Außerdem:
Butter und Mehl für die Form
Mehl für die Arbeitsfläche
gemahlener Zimt
zum Bestäuben

1 Für den Teig die Cashewkerne in einem Blender zu feinem Mehl mahlen. Mehl mit Cashews, Salz und Puderzucker vermengen. Die Butter würfeln und mit der Mehlmischung krümelig reiben. Dann das Eigelb zufügen und alles rasch zu einem glatten, weichen Mürbeteig verkneten. Den Teig zu einer Kugel formen, in Frischhaltefolie wickeln und mindestens 30 Minuten kalt stellen.

2 Währenddessen für die Füllung das Marzipan fein reiben und mit allen Zutaten verrühren. Für den Belag die Äpfel waschen, trocken tupfen, entkernen und in 1 mm dicke Scheiben schneiden. In einem breiten Topf Wasser zum Kochen bringen, Zucker und Zitronensaft zugeben und die Apfelscheiben in einigen Minuten weich kochen. Herausnehmen und abkühlen lassen. Die Scheiben etwas versetzt aufeinanderlegen und zu kleinen Rosen rollen. Die Cashews hacken.

3 Den Backofen auf 180 °C vorheizen. Die Tarteform buttern und mit Mehl ausstäuben, überschüssiges Mehl herausklopfen. Den Teig auf der leicht bemehlten Arbeitsfläche zu einem 5 mm dicken Kreis ausrollen und die Tarteform damit komplett auskleiden. Die Marzipan-Quark-Mischung hineingießen, sodass die Form nicht ganz bis zum Rand gefüllt ist. (Je nach Höhe der Form bleibt ggf. etwas Füllung übrig.) Die Apfelrosen von außen nach innen darauf verteilen. Gleichmäßig mit Cashews und braunem Zucker bestreuen.

4 Die Tarte in 35–40 Minuten goldbraun backen. Anschließend auskühlen lassen, aus der Form lösen und mit Zimt bestäubt servieren.

KOKOSTORTE

FÜR 1 TORTE (Ø 18 CM)

Für den Biskuit:
6 Eier
1 Prise Salz
150 g Zucker
1 Pck. Bourbon-Vanillezucker
125 g Mehl
40 g Stärke

Für die Creme:
280 g Kokosmilch (Dose)
70 g Kokosraspel
200 g weiße Schokolade
2 EL Saft und 1 TL Abrieb
von 1/2 Bio-Orange
250 g Mascarpone
300 g Magerquark
75 g Puderzucker

Außerdem:
Butter für die Form
4–6 EL Himbeerkonfitüre
ohne Kerne
ca. 100 g Kokosraspel
frische Himbeeren
zum Dekorieren

1 Den Backofen auf 180 °C vorheizen. Zwei Springformen (ø 18 cm) mit Backpapier auslegen, die Ränder sorgfältig buttern. Für den Biskuit die Eier trennen. Die Eiweiße mit dem Salz steif schlagen. Die Eigelbe mit beiden Zuckersorten dickcremig rühren. Mehl und Stärke mischen und in drei Schritten mit der Hälfte des Eischnees zügig unterrühren. Dann den restlichen Eischnee vorsichtig unterheben. Den Teig in die Springformen füllen, glatt streichen und ca. 25 Minuten backen. Anschließend abkühlen lassen, aus der Form nehmen, komplett auskühlen lassen und waagerecht teilen.

2 Für die Creme die Kokosmilch mit den Kokosraspeln in ca. 30 Minuten bei geringer Hitze unter gelegentlichem Rühren einkochen, bis die Mischung eine sehr dicke, breiige Konsistenz hat. Währenddessen die weiße Schokolade hacken. Den Topf vom Herd ziehen und nach und nach die Schokolade mit dem Orangensaft und dem -abrieb zur heißen Creme geben. Die Schokolade darin unter Rühren schmelzen. Die Mischung 20 Minuten kalt stellen.

3 Mascarpone und Quark cremig rühren, dann den Puderzucker untermischen. Die Kokoscreme einrühren und alles erneut mindestens 1 Stunde kalt stellen, bis die Creme stark eingedickt ist.

4 Einen Biskuitboden mit der Schnittseite nach oben auf eine Tortenplatte setzen. Mit Himbeerkonfitüre bestreichen. Dann ein knappes Drittel der Kokoscreme darauf verteilen. Die Schnittseite des zweiten Biskuitbodens mit Konfitüre bestreichen und mit der bestrichenen Seite nach unten vorsichtig auf die Creme setzen. Die Oberseite ebenfalls mit Himbeerkonfitüre bestreichen und erneut ein knappes Drittel der Kokoscreme darauf verteilen. Mit den anderen beiden Biskuitböden ebenso verfahren. Die übrige Creme oben auf die Torte streichen, nach Belieben auch die Ränder einstreichen. Alles mit Kokosraspeln bestreuen und mit frischen Himbeeren garnieren.

CRÈME-BRÛLÉE-TÖRTCHEN MIT GLÜHWEINBIRNEN

FÜR 6–9 TÖRTCHEN (Ø 10 CM)

Für den Teig:
200 g Mehl
50 g gemahlene Mandeln
50 g Zucker
1 Pck. Bourbon-Vanillezucker
1/2 TL gemahlener Zimt
1 Prise Salz
125 g kalte Butter
1 Eigelb

Für die Creme:
1 Vanilleschote
4 Eigelb
50 g Zucker
300 ml Sahne
100 ml Milch

Für die Glühweinbirnen:
3 Birnen
200 ml Rotwein
50 g Zucker
1 Zimtstange
2 Nelken
1/4 TL gemahlener Kardamom
1 Prise Ingwerpulver
1 Bio-Orange

Außerdem:
Butter und Mehl für die Förmchen und die Arbeitsfläche
3 EL brauner Zucker
Bunsenbrenner

1 Am Vortag für die Glühweinbirnen die Früchte schälen, halbieren und vom Kerngehäuse befreien. Rotwein, Zucker und Gewürze in einen weiten Topf geben. Orange schälen und Saft auspressen. Schalen und Saft zum Rotwein geben. Alles kurz aufkochen, dann 8 Minuten bei niedriger Temperatur köcheln lassen. Den Glühwein durch ein Sieb gießen und ohne Gewürze und Orangenschalen zurück in den Topf geben. Erneut aufkochen und die Birnenhälften zugeben, in ca. 10 Minuten weich köcheln. Den Topf vom Herd nehmen und die Birnen im Glühwein abkühlen lassen. Kalt stellen und über Nacht im Sud ziehen lassen.

2 Für den Teig Mehl, Mandeln, Zucker, Vanillezucker, Zimt und Salz mischen. Butter in Stücke schneiden, zugeben und mit der Mehlmischung krümelig reiben. Eigelb untermengen und alles zu einem glatten Teig verkneten. Zu einer Kugel formen, in Frischhaltefolie wickeln und mindestens 30 Minuten kalt stellen.

3 Für die Creme die Vanilleschote längs aufschlitzen und das Mark auskratzen. Eigelbe mit dem Zucker ca. 5 Minuten dickcremig schlagen. Sahne und Milch mit Vanillemark und -schote in einem Topf aufkochen. Vom Herd nehmen, die Schote entfernen und die Sahnemilch unter ständigem Rühren zur Eigelbmischung geben. Abkühlen lassen.

4 Den Backofen auf 190 °C vorheizen. Die Förmchen mit Butter fetten und mit Mehl ausstäuben. Den Teig auf der leicht bemehlten Arbeitsfläche ca. 3 mm dick ausrollen und die Tartelettesförmchen damit auslegen. Die Böden mehrfach mit einer Gabel einstechen und ca. 10 Minuten vorbacken. Anschließend die Ofentemperatur auf 140 °C reduzieren und die abgekühlte Creme auf die Böden verteilen (je nach Höhe der Förmchen bleibt ggf. etwas Creme übrig). Die Törtchen in 35–40 Minuten fertig backen.

5 Die Törtchen aus dem Ofen nehmen, abkühlen lassen, vorsichtig aus den Förmchen lösen und mindestens 1 Stunde kalt stellen. Anschließend die Oberflächen gleichmäßig mit braunem Zucker bestreuen und mit einem Bunsenbrenner abflämmen, sodass eine Karamellkruste entsteht. Die Birnenhälften aus dem Sud nehmen und gut abtropfen lassen, dann in Fächer schneiden. Die Törtchen damit garnieren.

MOHN-STREUSEL-KUCHEN MIT ZWETSCHGEN

1 Für den Teig Mehl mit gemahlenen Mandeln, Zucker, Zimt und Salz in einer Schüssel mischen. Die Butter in Stücke schneiden und mit dem Eigelb und 2–3 EL kaltem Wasser zugeben, alles zu einem glatten Mürbeteig verkneten. Den Teig zu einer Kugel formen, in Frischhaltefolie wickeln und 30 Minuten kalt stellen.

2 Den Backofen auf 180 °C vorheizen, die Springform gründlich buttern und mit Mehl ausstäuben, überschüssiges Mehl herausklopfen.

3 Den Teig auf der leicht bemehlten Arbeitsfläche rund ausrollen und die Springform damit auskleiden. Dabei einen 3–4 cm hohen Rand formen und diesen oben begradigen. Den Teig mit Backpapier abdecken und mit getrockneten Hülsenfrüchten beschweren. Ca. 15 Minuten im heißen Ofen blindbacken. Dann abkühlen lassen.

4 Für die Füllung alle Zutaten bis auf die Zwetschgen in einem Topf mit einem Schneebesen verrühren, bis sich das Puddingpulver aufgelöst hat. Die Mischung unter Rühren aufkochen, bis sie stark eindickt. Vom Herd nehmen und ein paar Minuten quellen lassen. Abkühlen lassen. Währenddessen die Zwetschgen waschen, trocken tupfen, entkernen und vierteln.

5 Für die Streusel das Mehl in eine Schüssel geben und mit Butter, Zucker, Mohn und Zimt zu einem krümeligen Teig vermengen.

6 Die Mohnfüllung auf den Teigboden geben und glatt streichen. Die Zwetschgen gleichmäßig darauf verteilen und alles mit Streuseln bedecken. Den Kuchen in ca. 45 Minuten goldbraun backen. Nach Belieben in der letzten Minute die Grillfunktion zuschalten, damit die Streusel schön knusprig werden. Den Kuchen anschließend in der Form abkühlen lassen, dann vorsichtig auf eine Kuchenplatte setzen und komplett auskühlen lassen. Vor dem Anschneiden mindestens 3 Stunden, besser über Nacht, kalt stellen, bis die Füllung richtig fest ist.

FÜR 1 SPRINGFORM (Ø 26 CM)

Für den Teig:
200 g Mehl
80 g gemahlene Mandeln
70 g Zucker
1/2 TL gemahlener Zimt
1 Prise Salz
100 g kalte Butter
1 Eigelb

Für die Füllung:
600 ml Milch
150 ml Sahne
200 g gemahlener Mohn
2 Pck. Vanillepuddingpulver
125 g Zucker
2 TL Abrieb von
1 Bio-Zitrone
500 g Zwetschgen
(ungeputzt gewogen)

Für die Streusel:
100 g Mehl
80 g weiche Butter
80 g brauner Zucker
2 TL gemahlener Mohn
1/4 TL gemahlener Zimt

Außerdem:
Butter und Mehl für die Form
Mehl für die Arbeitsfläche
getrocknete Hülsenfrüchte
zum Blindbacken

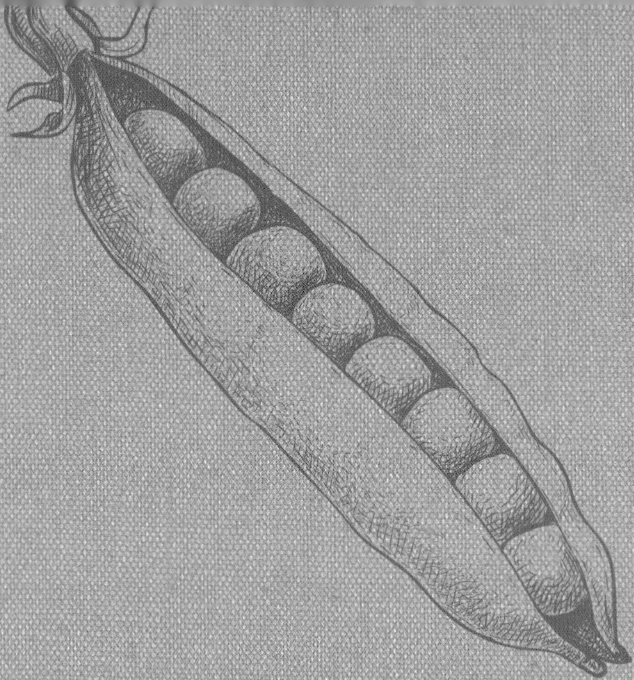

Die Prinzessin auf der Erbse

FEIN UND ZART

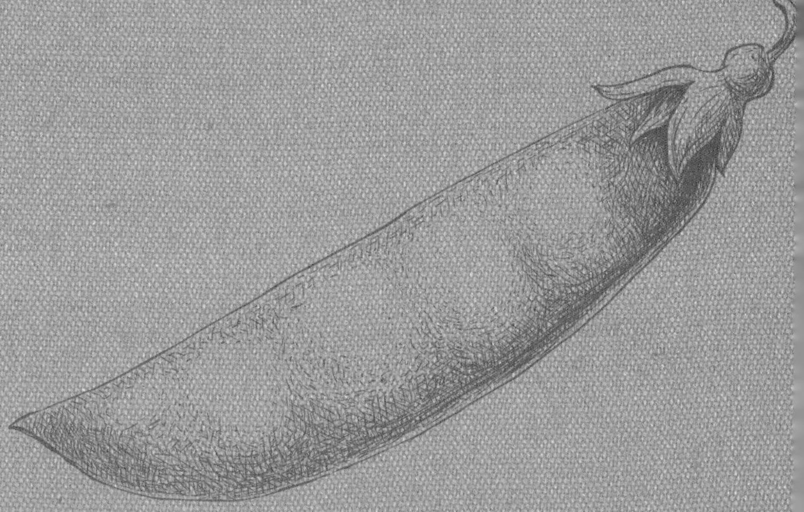

Es war einmal ein Prinz,

der wollte eine Prinzessin heiraten. Es sollte aber eine wirkliche Prinzessin sein. Da machte er sich auf und reiste um die ganze Welt, um eine solche zu finden. Prinzessinnen gab es genug, aber ob es wirkliche Prinzessinnen waren, das konnte er beim besten Willen nicht herausfinden. Immer gab es etwas, dass nicht so ganz in Ordnung war, und als er wieder nach Hause kam, war er ganz traurig, denn er wollte doch so gerne eine wirkliche Prinzessin heiraten.

Eines Abends zog ein schreckliches Gewitter auf. Es blitzte und donnerte und es regnete in Strömen. Es war ganz entsetzlich! Da klopfte es am Stadttor und der alte König ging hin, um aufzumachen.

Es war eine Prinzessin, die draußen vor dem Tore stand. Aber, ohjemine! Wie sah sie von dem Regen und dem bösen Wetter aus! Das Wasser lief ihr von den Haaren und Kleidern herunter; es lief in die Schnäbel der Schuhe hinein und an den Hacken wieder heraus. Und doch sagte sie, dass sie eine wirkliche Prinzessin sei.

„Ja, das wollen wir mal sehen!“, dachte die alte Königin. Aber sie sagte nichts, ging in die Schlafkammer hinein, legte eine Erbse unter die Matratze und darauf legte sie noch einmal zwanzig Matratzen und darauf dann noch zwanzig flauschige Daunendecken.

Da musste nun die Prinzessin die ganze Nacht liegen und am Morgen wurde sie gefragt, wie sie geschlafen habe.

„Oh, schrecklich schlecht!“, sagte die Prinzessin. „Ich habe meine Augen fast die ganze Nacht nicht geschlossen! Gott weiß, was da im Bette gewesen ist! Nun bin ich von Kopf bis Fuß mit blauen und grünen Flecken übersät! Es ist ganz entsetzlich!“

Da sahen sie ein, dass es eine wirkliche Prinzessin war, da sie durch die zwanzig Matratzen und die zwanzig Daunendecken hindurch die Erbse gespürt hatte. So empfindlich konnte nur eine wirkliche Prinzessin sein.

Da nahm der Prinz sie zur Frau, denn nun konnte er sicher sein, dass er mit einer wirklichen Prinzessin verheiratet war. Die Erbse wurde im Palast in eine gläserne Vitrine gelegt, wo sie heute noch zu sehen ist, wenn sie niemand gestohlen hat.

WINDBEUTEL MIT CRÈME CHANTILLY UND KOMPOTT

FÜR CA. 22 STÜCK (2 BLECHE)

Für den Brandteig:
125 ml Milch
125 g Butter
1 Prise Salz
180 g Mehl
1,5 EL Zucker
5 Eier
1 gestr. TL Backpulver

Für die Crème Chantilly:
1 Vanilleschote
400 ml Sahne
50 g Puderzucker

Für das Kompott:
500 g gemischte Beeren (alternativ TK-Beeren, aufgetaut)
75 g Zucker
250 ml Johannisbeersaft
2 EL Speisestärke
Abrieb von 1/2 Bio-Zitrone

Außerdem:
Puderzucker zum Bestäuben

1 Für den Teig die Milch mit 125 ml Wasser, Butter und Salz in einen flachen Topf geben und zum Kochen bringen. Mehl und Zucker vermengen und in einem Rutsch unter stetigem Rühren mit einem Holzlöffel in die kochende Milchmischung geben. Den Teig so lange rühren, bis er sich als schwerer Kloß vom Topfboden löst, wo sich eine weiße Schicht bildet.

2 Den Backofen auf 200 °C vorheizen, zwei Bleche mit Backpapier auslegen. Den heißen Teigkloß in eine Schüssel geben und sofort mit 1 Ei verrühren. Kurz ruhen lassen, dann nach und nach die übrigen Eier unterrühren, bis ein glatter, zäher Teig entstanden ist. Zuletzt das Backpulver untermischen. Den Teig in einen Spritzbeutel mit Sterntülle füllen und als kleine Häufchen (ø ca. 4 cm) mit genügend Abstand zueinander auf die Bleche spritzen. Die Bleche nacheinander 22–24 Minuten in den Ofen schieben und die Windbeutel goldbraun backen. (Während des Backens die Ofentür nicht öffnen, und die Windbeutel auch nicht zu kurz backen, sonst fallen sie nach dem Backen zusammen.) Auf einem Kuchengitter vollständig auskühlen lassen. Anschließend mit einer Küchenschere oder einem scharfen Sägemesser das obere Drittel abschneiden.

3 Für die Crème Chantilly die Vanilleschote aufschlitzen, das Mark auskratzen und die Schote beiseitelegen. Die Sahne steif schlagen, dabei den Puderzucker einrieseln lassen. Das Vanillemark untermengen. Die Creme kalt stellen. Anschließend in einen Spritzbeutel füllen.

4 Für das Kompott die Beeren verlesen und putzen. Größere Beeren halbieren. Die Beeren in eine Schüssel geben. Den Zucker in einem Topf hellbraun karamellisieren, mit Johannisbeersaft ablöschen. Die Vanilleschote zugeben und den Sud ca. 5 Minuten bei niedriger Temperatur reduzieren lassen, bis sich das Karamell gelöst hat. Die Stärke mit etwas kaltem Wasser glatt rühren, in den köchelnden Sud rühren und diesen eindicken lassen. Die Vanilleschote entfernen, den Zitronenabrieb untermischen und den Sud über die Beeren gießen. Alles vorsichtig vermengen, mit Frischhaltefolie abdecken und auskühlen lassen.

5 Die Windbeutel mit Crème Chantilly und Kompott füllen. Die Deckel obenauf setzen und mit Puderzucker bestäuben. Sofort servieren.

MINI-FRANZBRÖTCHEN

FÜR 8 STÜCK (1 BLECH)

Für den Teig:
250 g Mehl
25 g Zucker
1 Pck. Bourbon-Vanillezucker
1/4 TL Salz
10 g frische Hefe
100 ml lauwarme Milch
100 g kalte Butter
35 g Naturjoghurt
(3,5 % Fettanteil)

Für die Füllung:
70 g brauner Zucker
1 Pck. Bourbon-Vanillezucker
1,5 TL gemahlener Zimt
1 Prise gemahlener
Kardamom

Außerdem:
Mehl für die Arbeitsfläche

1 Für den Teig Mehl, Zucker, Vanillezucker und Salz in einer Schüssel vermengen. In der Mitte eine Mulde formen, die Hefe hineinbröseln und die Hälfte der lauwarmen Milch zugießen. Milch, Hefe und etwas Mehl vom Rand verrühren. Die Schüssel mit Frischhaltefolie abdecken und den Vorteig ca. 30 Minuten gehen lassen.

2 Währenddessen 25 g Butter zerlassen und etwas abkühlen lassen. Die restlichen 75 g in dünne Scheiben schneiden und zurück in den Kühlschrank stellen. Die übrige Milch mit dem Joghurt verrühren und mit der zerlassenen Butter zum Vorteig geben. Alles in ca. 5 Minuten glatt kneten. Den Teig erneut mit Frischhaltefolie abdecken und 1 Stunde gehen lassen.

3 Den Teig anschließend auf der leicht bemehlten Arbeitsfläche 8 mm dick zu einem 25 cm großen Quadrat ausrollen. Die Hälfte dicht mit den dünnen Butterscheiben belegen, dabei ca. 1,5 cm bis zum Rand aussparen. Die nicht belegte Seite darüberschlagen und die Ränder festdrücken. Den Teig erneut vorsichtig zu einem etwas größeren Rechteck ausrollen, aufpassen, dass keine Butter herausquillt. Dann erst die eine, dann die andere kurze Seite in die Mitte falten, sodass sich drei übereinanderliegende Schichten ergeben. Den gefalteten Teig ca. 45 Minuten kalt stellen. Anschließend erneut ausrollen, zu einem ca. 5 mm dicken und ca. 25 x 35 cm großen Rechteck.

4 Den Backofen auf 190 °C vorheizen und ein Backblech mit Backpapier auslegen. Für die Füllung den braunen Zucker mit Vanillezucker, Zimt und Kardamom mischen und gleichmäßig auf den Teig streuen, dabei rundum einen kleinen Rand aussparen. Den Teig von der unteren Längsseite her eng aufrollen. Die Rolle in acht gleich große Stücke schneiden, diese mit genügend Abstand auf dem Blech verteilen. Mithilfe eines Kochlöffelstiels die Teigstücke in der Mitte stark eindrücken, sodass sich die Seiten links und rechts nach oben auffächern.

5 Das Blech in den Ofen schieben und die Franzbrötchen in 15–20 Minuten goldbraun backen. Auf einem Kuchengitter abkühlen lassen.

TIRAMISUTORTE

FÜR 1 SPRINGFORM (Ø 20 CM)

Für den Boden:
2 Eier
85 g Zucker
30 ml warmes Wasser
15 g Butter
70 g Mehl
2 TL Kakaopulver
1/4 TL Backpulver
1 Prise Salz

Für die Espressoganache:
50 ml Sahne
1 EL Amaretto
1 TL Instant-Espressopulver
80 g Zartbitterschokolade, grob gehackt
50 g Vollmilchschokolade, grob gehackt

Für die Creme:
250 g Mascarpone
1 Ei (Größe L)
60 g Zucker
3 Blatt weiße Gelatine
1,5 EL Amaretto
150 ml Sahne
1 Pck. Bourbon-Vanillezucker
1 TL Bio-Orangenabrieb

Außerdem:
Butter und Mehl für die Form
200–220 g Löffelbiskuits
50 g Zartbitterschokolade
Kakaopulver zum Bestäuben

1 Für den Boden den Ofen auf 180 °C vorheizen. Die Springform buttern und mit Mehl ausstäuben. Den Boden zusätzlich mit Backpapier auslegen. Eier trennen. Eigelbe mit Zucker und Wasser 5 Minuten dickschaumig schlagen. Die Butter schmelzen, abkühlen lassen und einrühren. Mehl, Kakao, Backpulver und Salz vermengen, darübersieben und unterrühren. Eiweiße steif schlagen und unterheben. Den Teig in die Form geben und ca. 20 Minuten backen. Abkühlen lassen, aus der Form lösen und auf einem Gitter vollständig auskühlen lassen. Den Boden auf eine Tortenplatte setzen und einen Tortenring darumlegen.

2 Für die Ganache Sahne mit Amaretto und Espressopulver aufkochen. Den Topf vom Herd ziehen und die Schokolade darin unter Rühren schmelzen. Die Hälfte der Ganache auf dem Boden (nicht ganz bis zum Rand, sonst klebt der Ring fest) verteilen. Den Boden ca. 20 Minuten in den Kühlschrank stellen.

3 Inzwischen für die Creme Mascarpone glatt rühren. Ei und Zucker über dem heißen Wasserbad in ca. 5 Minuten dickcremig schlagen. Vom Herd nehmen. Gelatine in kaltem Wasser einweichen. Den Amaretto in einem kleinen Topf erwärmen (nicht zu stark erhitzen!), die Gelatine leicht ausdrücken und unter Rühren im Amaretto auflösen. Die Gelatinemischung in die warme Eiermasse rühren. Dann den Mascarpone unterziehen. Sahne mit Vanillezucker steif schlagen und mit Orangenabrieb unter die Mascarponecreme heben. Ca. 20 Minuten kalt stellen, bis sie leicht geliert. Die Hälfte der Creme auf den Biskuitboden streichen. Die Torte 15 Minuten kalt stellen.

4 Die Torte mit Löffelbiskuits belegen. Die übrige Ganache darauf verteilen und die Torte erneut 15 Minuten in den Kühlschrank stellen. Dann die restliche Creme einschichten und glatt streichen. 2 Stunden kalt stellen.

5 Zartbitterschokolade schmelzen, dünn auf einen Bogen Backpapier streichen und im Kühlschrank fest werden lassen. Dann in kleine Splitter brechen. Den Tortenring entfernen. Dazu mit einem spitzen, heißen Messer am Rand entlangfahren. Die Torte mit Kakao bestäuben und die Schokosplitter daraufgeben. Die übrigen Löffelbiskuits zurechtschneiden, rund um den Tortenrand stellen und leicht andrücken.

ZIMT-KARDAMOM-TALER

FÜR CA. 20 STÜCK (1 BLECH)

2 Eiweiß
1 Prise Salz
140 g Puderzucker
120 g Mehl
50 g blanchierte gemahlene Mandeln
1 TL gemahlener Zimt
1/4 TL gemahlener Kardamom
1 TL Kakaopulver
1 TL Bio-Zitronenabrieb

Außerdem:
Mehl für die Arbeitsfläche
Zuckerperlen zum Bestreuen nach Belieben

1 Die Eiweiße mit dem Salz halbsteif schlagen. Dann nach und nach den Puderzucker einrieseln lassen, bis ein sehr steifer Eischnee entsteht, der glänzende Spitzen bildet. Ca. 4 EL abnehmen und kalt stellen.

2 Mehl, Mandeln, Zimt, Kardamom, Kakao und Zitronenabrieb vermengen und unter den Eischnee heben, bis ein homogener Teig entstanden ist. Den Teig in Frischhaltefolie wickeln und 30 Minuten kalt stellen.

3 Den Backofen auf 155 °C vorheizen und ein Backblech mit Backpapier auslegen. Den Teig auf der bemehlten Arbeitsfläche 3–4 mm dick ausrollen und daraus ca. 5 cm große Kreise ausstechen. Teigreste zusammenkneten, erneut ausrollen und ausstechen. Die Taler auf dem Backblech verteilen. Mithilfe eines Teelöffels den kalt gestellten Eischnee dünn daraufstreichen. Nach Belieben ein Wellenmuster einarbeiten oder die Taler mit Zuckerperlen bestreuen.

4 Das Blech ca. 15 Minuten in den Ofen schieben. Die Zimt-Kardamom-Taler anschließend auf dem Blech abkühlen, dann auf einem Kuchengitter vollständig auskühlen lassen.

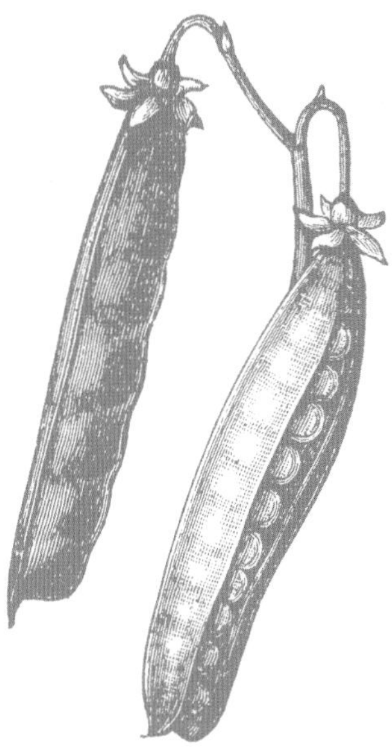

MANGO-SCHOKO-WÜRFEL

FÜR CA. 25 STÜCK BZW. 1 ECKIGE BACKFORM (24 X 24 CM)

Für den Biskuit:
3 Eier
1 Prise Salz
75 g Zucker
60 g Mehl
25 g Speisestärke
25 g Kakaopulver
1,5 TL Backpulver

Für die Füllung:
1 große reife Mango (alternativ 300 g gewürfelte TK-Mango)
5 Blatt weiße Gelatine
80 ml Ananassaft
250 g Magerquark
100 g Doppelrahmfrischkäse
100 g Crème fraîche
70 g Zucker
150 ml Sahne
1 Pck. Bourbon-Vanillezucker

Außerdem:
Butter und Mehl für die Form
100 g weiße Schokolade
1 TL Kokosöl

1 Den Backofen auf 200 °C vorheizen. Die Form buttern und mit Mehl ausstäuben, überschüssiges Mehl herausklopfen.

2 Für den Biskuit die Eier trennen. Die Eiweiße steif schlagen, dabei Salz und Zucker einrieseln lassen. Eigelbe und 2 EL kaltes Wasser unterrühren. Mehl, Stärke, Kakao und Backpulver vermengen. In drei Schritten behutsam unterheben. Den Teig halbieren (am besten genau abwiegen) und eine Hälfte in die Form streichen. Den Biskuit ca. 10 Minuten backen, nur kurz abkühlen lassen und vorsichtig aus der Form stürzen. Mit der zweiten Teighälfte ebenso verfahren. Ggf. die Ränder begradigen.

3 Für die Füllung die Mango schälen, entsteinen und würfeln. 2 Blatt Gelatine in kaltem Wasser einweichen. Mangowürfel und Ananassaft in einem Topf ca. 10 Minuten leicht reduzieren lassen, dann vom Herd nehmen und pürieren. Die ausgedrückte Gelatine im nicht mehr allzu heißen Mangopüree unter Rühren auflösen. Ca. 15 Minuten kalt stellen.

4 Die restliche Gelatine in kaltem Wasser einweichen. Um einen Biskuitboden einen Tortenrahmen legen. Das Mangopüree daraufgeben, glatt streichen und ca. 30 Minuten kalt stellen. Währenddessen Quark, Frischkäse, Crème fraîche und Zucker verrühren. Die Gelatine leicht ausdrücken und in einem kleinen Topf bei geringer Hitze unter Rühren auflösen. 3 EL Creme einrühren, dann die Gelatinemischung in die übrige Creme rühren. Ca. 20 Minuten kalt stellen.

5 In der Zwischenzeit die Sahne mit dem Vanillezucker steif schlagen und unter die gelierende Creme heben. Die Quarkcreme auf der Mangoschicht verteilen und die andere Biskuithälfte darauflegen. Alles mindestens 4 Stunden, besser über Nacht, kalt stellen.

6 Den Biskuit in ca. 4 cm große Würfel schneiden. Die weiße Schokolade grob hacken und mit dem Kokosöl über dem heißen Wasserbad schmelzen. Etwas abkühlen lassen, dann die Mango-Schoko-Würfel damit nach Belieben verzieren. Wer mag, serviert sie mit Zahnstochern.

MOKKA-CUPCAKES

FÜR 12 CUPCAKES

Für den Teig:
3 Eier
140 g Zucker
150 g weiche Butter
1 Pck. Bourbon-Vanillezucker
2 EL frisch gebrühter Espresso, abgekühlt
125 g gemahlene Haselnusskerne
100 g Mehl
2 TL Kakaopulver
1/4 TL Backpulver
1 Prise gemahlener Zimt
12 Mokkabohnen

Für das Topping:
1 EL Doppelrahmfrischkäse
1 EL Instant-Espressopulver
250 g Mascarpone
60 g Puderzucker
Mokkabohnen zum Dekorieren nach Belieben

1 Für den Teig die Eier trennen. Die Eiweiße halbsteif schlagen, dann nach und nach 100 g Zucker einrieseln lassen und alles zu festem Eischnee schlagen. In einer zweiten Schüssel Butter, den übrigen Zucker und Vanillezucker schaumig schlagen. Die Eigelbe einzeln unterrühren. Dann den Espresso untermischen.

2 Nüsse, Mehl, Kakao, Backpulver und Zimt vermengen. Die Mehlmischung zusammen mit der Eigelb-Butter-Masse zum Eischnee geben und alles vorsichtig mit einem Teigschaber vermengen, bis ein homogener Teig entstanden ist.

3 Den Backofen auf 180 °C vorheizen. Ein Muffinblech mit Papierförmchen auslegen und den Teig gleichmäßig daraufverteilen. In jeden Muffin eine Mokkabohne stecken. Die Form 20–23 Minuten in den Ofen geben. Stäbchenprobe machen (siehe Seite 10). Die Muffins anschließend vollständig auskühlen lassen und aus dem Blech lösen.

4 Für das Topping den Frischkäse in einem kleinen Topf erhitzen und das Espressopulver darin unter Rühren auflösen. Abkühlen lassen. Den Mascarpone mit dem Puderzucker cremig rühren. Den Espresso-Frischkäse untermischen. Alles in einen Spritzbeutel mit großer Lochtülle füllen und die Muffins damit dekorieren. Nach Belieben mit Mokkabohnen garnieren.

GEEISTE WALDBEERTORTE

FÜR 1 SPRINGFORM (Ø 24 CM)

Für den Boden:
180 g Vollkorn-Butterkekse
120 g Butter
40 g gemahlene Haselnusskerne
1 EL feiner Zucker

Für die Füllung:
3 frische Eier (Größe L)
125 g Puderzucker
1 Vanilleschote
400 g Speisequark (20 % Fettanteil)
Saft und Abrieb von 1 Bio-Zitrone
250 ml Sahne

Für das Topping:
250 g TK-Waldbeeren, aufgetaut
75 ml Johannisbeersaft
1,5 EL Zucker
1–2 TL Speisestärke
Honig nach Belieben

Außerdem:
frische Waldbeeren zum Servieren nach Belieben
Puderzucker zum Bestäuben nach Belieben

1 Für den Boden die Butterkekse in einen Zip-Beutel geben und mit der Teigrolle fein zerstoßen. Die Butter zerlassen und mit Kekskrümeln, gemahlenen Haselnüssen und Zucker vermengen. Den Boden der Springform mit Backpapier auslegen, die Keksmischung gleichmäßig darauf verteilen und mit dem Löffelrücken festdrücken. Ca. 30 Minuten ins Gefrierfach stellen.

2 Für die Füllung die Eier trennen. Eigelbe und Puderzucker über dem heißen Wasserbad in 5 Minuten dickcremig schlagen. Abkühlen lassen. Die Vanilleschote längs halbieren, das Mark herauskratzen. Den Quark mit Zitronensaft und -abrieb sowie dem Vanillemark verrühren. Die Eiweiße steif schlagen. Die Sahne ebenfalls steif schlagen. Erst die Quarkmischung, dann den Eischnee und zuletzt die Sahne behutsam unter die abgekühlte Eigelbmasse heben. In die Form füllen, abdecken und 3 Stunden ins Gefrierfach stellen.

3 Für das Topping die Beeren in einem hohen Behälter mit dem Stabmixer fein pürieren, dann durch ein feines Sieb in einen Topf passieren. Johannisbeersaft und Zucker zugeben und alles unter Rühren aufkochen. Die Mischung ca. 5 Minuten reduzieren lassen. Die Stärke mit etwas kaltem Wasser glatt rühren, dann zur Beerenmischung geben und alles in 1–2 Minuten unter Rühren eindicken lassen. Nach Belieben mit Honig süßen. Die Beerenmischung komplett abkühlen lassen. Dann auf den geeisten Kuchen streichen. Die Waldbeertorte mindestens 2 weitere Stunden gefrieren lassen.

4 Zum Servieren ca. 30 Minuten im Kühlschrank antauen lassen. Dann mit einem zuvor in heißes Wasser getauchten Messer am Rand entlangfahren und die Torte aus der Form lösen. Auf eine Tortenplatte setzen und mit dem heißen Messer in Stücke schneiden. Nach Belieben mit frischen Waldbeeren garnieren und mit Puderzucker bestäubt servieren.

ZARTE SCHOKOLADENBLÄTTER MIT AMARANT

1 Die Butter zerlassen und kurz abkühlen lassen. Mehl, Mandeln, Puderzucker, Vanillezucker, Kakao und Zimt vermischen. Die Eiweiße und die Butter zugeben und alles zu einem glatten, zähen Teig verrühren.

2 Den Backofen auf 175 °C vorheizen und zwei Backbleche mit Backpapier auslegen. Mithilfe eines Portionsringes (ø ca. 6 cm) hauchdünne, gleichmäßige Teigkreise (pro Kreis ca. 1 TL Teig) auf den Blechen verstreichen. (Alternativ lässt sich der Teig auch gut ohne Portionsring, nur mit angefeuchteten Händen, verstreichen. Dafür vorher die entsprechenden Kreise auf das Backpapier zeichnen.) Jeden Teigkreis mit Amaranth-Pops bestreuen.

3 Die Bleche nacheinander je ca. 8 Minuten in den Ofen geben. Die Schokoladenblätter anschließend vollständig auskühlen lassen und vorsichtig vom Backpapier lösen.

FÜR 20–24 BLÄTTER (2 BLECHE)

55 g Butter
80 g Mehl
20 g blanchierte gemahlene Mandeln
80 g Puderzucker
1 Pck. Bourbon-Vanillezucker
2 EL Kakaopulver
1/2 TL gemahlener Zimt
2 Eiweiß (Größe L)

Außerdem:
ca. 5 EL Amarant-Pops

KLEINE LIMETTENTORTE MIT HIMBEERBAISER

FÜR 1 KLEINE TARTEFORM (Ø 20 CM)

Für den Teig:
185 g Mehl
1 Prise Salz
40 g Zucker
100 g kalte Butter
1 Eigelb, mit 3 TL kaltem Wasser verquirlt

Für die Limettenfüllung:
140 g Zucker
40 g Speisestärke
Saft von 3 kleinen (75 ml) und Abrieb von 2 kleinen Bio-Limetten
2 Eigelb
25 g Butter

Für das Himbeerbaiser:
125 g frische Himbeeren
125 g Puderzucker
2 Eiweiß

Außerdem:
Butter für die Form
Mehl für die Arbeitsfläche
getrocknete Hülsenfrüchte zum Blindbacken

1 Für den Teig Mehl, Salz und Zucker vermengen. Die Butter in Stücke schneiden und mit der Mehlmischung krümelig reiben. Das verquirlte Eigelb zugeben und alles zügig zu einem glatten Teig verkneten. Die Tarteform fetten. Den Teig auf der leicht bemehlten Arbeitsfläche ca. 4 mm dick ausrollen und die Form damit auskleiden. Den Boden mehrfach mit einer Gabel einstechen und den Teig in der Form ca. 20 Minuten kalt stellen.

2 Für die Limettenfüllung Zucker, Stärke und 225 ml Wasser in einem kleinen Topf glatt rühren. Den Topf auf den Herd stellen und den Limettensaft und die Eigelbe unterrühren. Die Mischung erhitzen und unter stetigem Rühren aufkochen. Aufpassen, dass nichts anbrennt! Die Limettenfüllung ca. 5 Minuten bei kleiner Hitze köcheln lassen, bis sie sehr stark eindickt. Die Butter und den Limettenabrieb unterrühren und die Füllung vom Herd nehmen.

3 Den Backofen auf 200 °C vorheizen. Den Teig in der Form mit Backpapier belegen und mit Hülsenfrüchten beschweren. Ca. 15 Minuten blindbacken, dann Backpapier und Hülsenfrüchte entfernen und den Boden weitere 3 Minuten backen, bis die Ränder leicht gebräunt sind. Die Ofentemperatur auf 170 °C reduzieren.

4 Für das Himbeerbaiser die Beeren verlesen, ggf. vorsichtig waschen und trocken tupfen. Anschließend 75 g Beeren mit einer Gabel fein zerdrücken, durch ein Sieb streichen und die Kerne entfernen. Die restlichen ganzen Beeren beiseitelegen. Das Himbeerpüree mit 30 g Puderzucker verrühren. Die Eiweiße halbsteif schlagen, dann nach und nach den übrigen Puderzucker untermixen. Alles in ca. 8 Minuten am besten mit der Küchenmaschine zu sehr steifem Eischnee schlagen, bis sich glänzende Spitzen bilden. Die Himbeermischung portionsweise untermixen.

5 Den Boden bis knapp zum Rand mit der Limettenmischung füllen. Die ganzen Himbeeren daraufsetzen. Das Himbeerbaiser mithilfe einer Palette oder Teigkarte kuppelförmig auf der Füllung verteilen. Die Torte in den Ofen geben und in ca. 20 Minuten fertig backen.

MACARONS MIT WEIHNACHTSGEWÜRZEN

FÜR CA. 25 MACARONS (JE NACH GRÖSSE)

Für den Teig:
85 g blanchierte gemahlene Mandeln
140 g Puderzucker
1 Prise gemahlener Zimt
2 Eiweiß (70 g)
20 g feiner Zucker
Lebensmittelfarbe nach Belieben (am besten Pulver benutzen, damit der Teig nicht zu flüssig wird)

Für die Füllung I:
60 g weiße Schokolade
25 ml Sahne
1 Prise gemahlener Kardamom
ca. 1 TL sehr fein gehackte Pistazienkerne

Für die Füllung II:
60 g Vollmilchschokolade
25 ml Sahne
1/2 TL gemahlener Zimt
1 TL sehr fein gehackte Haselnusskerne

Für die Füllung III:
60 g Zartbitterschokolade
25 ml Sahne
1 Prise gemahlener Piment
1 Prise Chilipulver

1 Den Backofen auf 150 °C vorheizen und ein Backblech mit Backpapier auslegen. Für den Teig die Mandeln mit Puderzucker und Zimt in einen Mixer geben und sehr fein mahlen (je feiner, desto glatter wird später die Oberfläche der Macarons). Die Mandelmischung anschließend durch ein feines Sieb geben.

2 Die Eiweiße steif schlagen, dabei nach und nach den Zucker einrieseln lassen. Dann so viel Lebensmittelfarbe unterrühren (falls verwendet), bis der Teig die gewünschte Farbe hat. Anschließend die Mandelmischung in fünf Schritten behutsam unter den Eischnee heben (keinesfalls rühren!), bis ein homogener, zähflüssiger Teig entstanden ist (vorsichtig vorgehen und nicht zu lange vermengen, damit die Macarons später schön aufgehen). Die Teigmasse in einen Spritzbeutel mit kleiner Lochtülle füllen und in gleichmäßigen Kreisen (ø 2,5–3 cm) mit etwas Abstand zueinander auf das Blech spritzen.

3 Die Teigkreise ca. 30 Minuten ruhen und antrocknen lassen, dann das Blech vorsichtig auf die unterste Schiene des Ofens setzen. Die Ofentür sollte während des Backens mithilfe eines Kochlöffels einen kleinen Spalt (ca. 5 cm) geöffnet bleiben, damit die Feuchtigkeit entweichen kann. Die Macarons ca. 15 Minuten backen. Anschließend aus dem Ofen nehmen und auf dem Blech vollständig auskühlen lassen.

4 Für die Füllung I die weiße Schokolade grob hacken und mit der Sahne über dem nicht allzu heißen Wasserbad unter Rühren langsam schmelzen. Mit Kardamom und Pistazien mischen. Für die Füllung II die Vollmilchschokolade mit der Sahne schmelzen. Mit Zimt und gehackten Haselnüssen mischen. Für die Füllung III die Zartbitterschokolade mit der Sahne schmelzen und mit Piment und Chili mischen. Alle Füllungen abkühlen lassen und mindestens 30 Minuten kalt stellen.

5 Die Füllungen anschließend auf die Hälfte der gebackenen Teigkreise verteilen. Die übrigen Teigkreise vorsichtig daraufsetzen und leicht andrücken. Die Macarons trocknen lassen und auf einer Servierplatte oder Etagere anrichten.

MINI-LEBKUCHENGUGELHUPFE MIT KANDIERTEM INGWER

FÜR 12 STÜCK (BZW. 1 MINI-GUGELHUPFBLECH MIT 12 MULDEN)

125 g Honig
30 g Zucker
1 Pck. Bourbon-Vanillezucker
115 g Butter
2 Eier
225 g Mehl
1 EL Kakaopulver
1 TL Lebkuchengewürz
1,5 TL Backpulver
1 Prise Salz
60 g kandierter Ingwer
2 TL Bio-Zitronenabrieb
40 g gehackte Mandeln
125 g Aprikosenkonfitüre

Außerdem:
Butter und Mehl für die Form
ca. 100 g Marzipanrohmasse zum Garnieren
Puderzucker zum Bestäuben

1 Honig, Zucker, Vanillezucker und Butter in einen kleinen Topf geben. Unter Rühren erhitzen, bis Zucker und Butter geschmolzen sind. Die Masse in eine Schüssel geben und abkühlen lassen.

2 Den Backofen auf 180 °C vorheizen, das Mini-Gugelhupfblech fetten und mit Mehl ausstäuben, überschüssiges Mehl herausklopfen. Die Eier nacheinander unter die Honigmischung rühren. Mehl, Kakao, Lebkuchengewürz, Backpulver und Salz vermengen und zügig unter den Teig mischen. Den kandierten Ingwer fein würfeln und mit Zitronenabrieb und gehackten Mandeln unterheben.

3 Den Teig zu drei Vierteln in die Mulden füllen. Am besten geht das mithilfe eines Spritzbeutels. Die Gugelhupfe 17–20 Minuten im Ofen backen, Stäbchenprobe machen (siehe Seite 10).

4 Währenddessen die Konfitüre erwärmen. Die Mini-Gugelhupfe nur kurz abkühlen lassen, dann sofort aus dem Blech lösen und noch warm mit der Konfitüre einpinseln. Das Marzipan dünn ausrollen und mit einem sehr kleinen Ausstecher (zum Beispiel mithilfe einer Sterntülle) Sterne ausstechen, alternativ das Marzipan fein raspeln. Die Gugelhupfe damit verzieren und mit Puderzucker bestäubt servieren.

BLAUBEER-CLAFOUTIS

FÜR 1 TARTE- ODER ANDERE BACKFORM (Ø 24 CM)

150 g frische Blaubeeren
1 Vanilleschote
3 Eier
85 g Zucker
1 Prise gemahlener Zimt
1/2 TL Bio-Zitronenabrieb
1 Prise Salz
75 g Mehl
25 g gemahlene Mandeln
75 ml Sahne
75 ml Vollmilch

Außerdem:
Butter und Mehl für die Form
Puderzucker zum Bestäuben
150 g Crème fraîche
1–2 EL Honig
1/2 TL Bio-Zitronenabrieb

1 Den Backofen auf 175 °C vorheizen. Die Backform fetten und mit Mehl ausstäuben, überschüssiges Mehl herausklopfen. Die Blaubeeren verlesen, vorsichtig waschen und trocken tupfen. Die Vanilleschote längs aufschlitzen und das Mark auskratzen.

2 Die Eier trennen. Eiweiße steif schlagen, dabei die Hälfte des Zuckers einrieseln lassen. Die Eigelbe mit Vanillemark, Zimt, Zitronenabrieb, dem restlichen Zucker und Salz cremig rühren. Mehl und Mandeln vermengen, Sahne und Milch vermischen. Abwechselnd die Mehl- und die Sahnemischung unter die Eigelbmasse rühren. Den Eischnee in drei Schritten behutsam unterheben. Zuletzt die Blaubeeren locker unter den Teig mengen.

3 Den Teig in die Form füllen und im heißen Ofen ca. 30 Minuten backen. Damit das Clafoutis nicht zu dunkel wird, ggf. im letzten Backdrittel mit Alufolie abdecken. Clafoutis aus dem Ofen nehmen, etwas abkühlen lassen und mit reichlich Puderzucker bestäuben. Crème fraîche mit Honig und Zitronenabrieb verrühren und zum noch warmen Clafoutis reichen.

F

G

H

I

J

K

L

M

N

O

P

Q

R

S

T

V

W

Z

DANK

Mein Dank gilt allen, die mich in der Entstehungsphase dieses Buches unterstützt, beraten, ermuntert und kritisiert haben. Allen voran Sophie, die mich mit ihrer grenzenlosen Begeisterung jedes Mal aufs Neue angesteckt hat. Ohne dich würde es dieses Buch nicht geben. Ein großer Dank auch an Dagmar und Angela für euer Vertrauen und an Kathrin für dein scharfes Auge.
Vielen Dank an Yelda für die märchenhaften Bilder. Dein fotografisches Gespür und deine Perfektion sind der Wahnsinn!
Ein großes Dankeschön an meine Eltern, Lars, Tim, Stefan, Susan, Lauritz, Emil und Ida für die ehrliche Kritik. Und an alle Eicklinger Nachbarn, die sich unermüdlich durchs komplette Buch gefuttert haben. Außerdem an Sigrid und Jochen, die jedes Mal auf der Durchreise von Heidelberg nach Schleswig und zurück als Testesser herhalten mussten.
Danke an meine liebe Janna. Auch wenn ich für den einen oder anderen Kuchen vielleicht nur halb so lange gebraucht hätte – mit dir zusammen backe ich am liebsten. Die kindliche Freude, die du beim Abwiegen der Zutaten oder beim Ausrollen und Ausstechen des Teigs an den Tag legst, ist unbezahlbar schön. Ich wette, in ein paar Jahren bist du eine Meisterbäckerin.
Danke an Gunnar – für einfach alles. Ich weiß, dass du ein gutes Steak generell einem Stück Torte vorziehst und dass du das Chaos, das ich in den letzten Wochen und Monaten beinahe täglich in der Küche angerichtet habe, nur schwer ertragen hast. Ich verspreche dir, jetzt ist erst mal Schluss mit den süßen Sachen. Zumindest vorerst. Du bist der Allerbeste.
Und zu guter Letzt danke ich meinem kleinen Enno. Dafür dass es dich gibt – welch unverschämtes Glück! Dieses Buch ist für dich.

CHRISTIN GEWEKE ist freie Kochbuch-Redakteurin, zuvor war sie als Lektorin in verschiedenen Verlagshäusern tätig. Neben dem Schreiben gehört vor allem das Backen zu ihren großen Leidenschaften. Daher steht sie auch in jeder freien Minute in der Küche und tüftelt an neuen Kuchenrezepten. Mit Mann, Tochter, Sohn und Katze lebt sie in der Nähe von Celle auf dem Land.

YELDA YILMAZ war schon früh begeisterte Analogfotografin und studierte Fotografie und VisuelleKommunikation/Medien an der HfBK in Hamburg. Als freie Fotografin kocht und backt sie am liebsten, trifft neue Menschen, besucht fremde Orte und füllt damit Bücher. 2014 rief sie den Hamburger Food Swap ins Leben, bei dem sich die unterschiedlichsten Menschen treffen, um bei einem gemeinsamen Abendbrot Rezepte und Selbstgemachtes zu probieren und zu tauschen.

MIX
Aus verantwortungs-
vollen Quellen
FSC® C022120

5 4 3 2   22 21 20 19 18

ISBN 978-3-88117-172-4

Rezeptentwicklung: Christin Geweke
Fotografie: Yelda Yilmaz
Coverillustration: Heidrun Schröder
Layout und Satz: Stefanie Wawer
Redaktion: Sophie Schwaiger
Lithographie: FSM Premedia, Münster

Hafenweg 30, 48155 Münster, Germany

www.hoelker-verlag.de